요즘

괜찮니?

괜찮아

# 요즘 괜찮니? 괜찮아

1판 1쇄 인쇄 2015년 6월 10일
1판 1쇄 발행 2015년 6월 16일
1판 2쇄 발행 2015년 7월 29일

지은이 오광진
펴낸이 임종관
펴낸곳 미래북
편　집 정광희
본문디자인 서진원
등록 제 302-2003-000326호
주소 서울시 용산구 효창동 5-421호
마케팅 경기도 고양시 덕양구 화정동 965번지 한화 오벨리스크 1901호
전화 02)738-1227(대) | 팩스 02)738-1228
이메일 miraebook@hotmail.com

ISBN  978-89-92289-72-6    03810

# 요즘 괜찮니?
# "괜찮아"

오광진 지음

지금, 누군가의 따뜻한 위로와
격려가 필요한 당신에게

MIRAE
BOOK

| 요 | 즘 | | 괜 | 찮 | 니 | ? | | 괜 | 찮 | 아 | |

내 마음 속 부정이라는 녹을 없애기 위한 연습이 습관이 되고,
그 습관이 곧 내 삶을 평안으로 만드는 운명으로 만들어지기까지
연습이 필요한 나를 비롯해, 녹과 함께 살아가고 있는 사람들을 위해

# 녹 은 녹 을 먹 고 자 란 다

무난한 삶.

누구나 그런 삶을 원하지만 결코 쉽게 얻어지는 삶이 아니라는 걸 우리는 압니다.

해마다 피는 꽃들이 우리들 눈에는 쉽게 피는 듯 하여도 이 세상에 무난하게 피는 꽃은 하나도 없습니다. 냉기 먹은 눈과 비를 맞으며 바람에 맞서야 하고 때로는 진 딧물에 괴로움을 당하는 일도 겪어야 합니다. 그런 과정을 거친 식물만이 꽃을 피울 수 있습니다.

사람도 이와 별반 다르지 않습니다.

재벌은 재벌대로 고충의 삶이 있고, 권력자는 권력자 나름의 고충이 있듯, 나이 불문 신분 고하를 막론하고 저마다 삶의 고충이 있습니다.

겉모습이 제 아무리 좋아 보이는 사람이더라도 그 사람이 아무런 고충 없이 평탄하게 살고 있을 거라고는 속단하지 마십시오. 사람의 겉모습을 보고 속단하는 것만큼 헛된 짓은 없습니다. 선입견이라는 것은 그 사람의 정체를 알게 되면 너무도 쉽게 변하는 것이니까요.

하지만 세상을 평온하게 바라보고 삶을 평온하게 사는 사람들은 분명 있습니다.
그 사람들의 특징은 항상 긍정적인 사고를 가지고 근심을 관심으로 바라본다는
것입니다.

쇠를 부패하게 만드는 것은 '녹'입니다.
이 녹은 녹을 먹고 자랍니다. 방치하면 점점 퍼져 나갑니다.
사람에게도 이와 같은 녹이 있습니다.
증오, 근심, 불평, 불만, 욕심, 불안, 조바심, 부정 등 우리의 마음을 불편하게 만드
는 감정들이 사람을 갉아먹고 부패하게 만드는 녹입니다. 하지만 이런 것들은 인
간의 성장 과정에 필요 불가결한 것들이기도 합니다. 사람의 성장은 이런 감정들
을 어떻게 다스리고 긍정적으로 어떻게 승화 시키느냐에 따라 속도가 달라지니
까요.

쇠에 달라붙어 있는 녹은 절대로 저절로 없어지지 않습니다.
녹을 없애기 위해서는 기름칠을 해야 하고 닦아주는 노력이 필요합니다.
사람도 마찬가지입니다. 사람의 마음에 내려앉은 녹을 없애기 위해서는 닦아주는
노력을 게을리하면 안 됩니다. 이것을 수양이라고 합니다.

한 번에 녹을 제거하기는 어렵습니다. 그러나 사고의 전환으로 점차 줄여나갈 수
는 있습니다. 점점 줄여나가다 보면 어느샌가 없어질 것입니다. 그것은 지속적인
연습으로 이루어질 수 있습니다. 아이가 걷기까지 무수히 서는 연습을 하듯 그런
연습이 습관이 되고, 그 습관이 곧 내 삶을 평안으로 만드는 운명으로 바꿉니다.

근심, 불평, 불만, 욕심이 쌓이면 반드시 인간을 병들게 합니다. 노벨의학상을 받은
알렉시스 카렐 박사가 말하기를, '이런 것들과 맞서 싸우는 방법을 모르는 사람은
일찍 죽는다'고 했습니다. 이 말은 괜히 사람들에게 경각심을 주기 위해서 한 말이

아닙니다. 위장 장애나 심장병은 부정적인 감정들이 불씨가 되어 생겨나기도 합니다. 뿐만인가요? 우리가 알고 있는 신경질환은 대부분 그런 것들이 원인입니다. 분명 내 몸은 아픈데 병원에서 검사를 받아도 원인 규명이 불분명하다면 신경성일 확률이 높습니다.

그러나 많은 이들은 이런 사실을 알고 있으면서도 여전히 녹에 나를 맡기고 살아갑니다. 왜냐하면 아직까지 녹을 없애기 위한 연습을 하지 않았고 습관이 안 되었기 때문입니다.

이 책에 실린 글들은 아직도 연습이 필요한 저를 비롯하여 녹과 함께 살아가고 있는 사람들을 위해서 쓴 글입니다. 혼자 하면 어려운 것도 여럿이 하면 좀 가벼워지듯, 동지가 있고 동무가 있다는 것 그리고 도반이 있다는 것. 그 자체만으로도 서로에게 격려가 되고 힘이 되는 것이 아닐는지요?

2015년 봄날
오광진

**CONTENTS**

## 3 슬픔에 잠겨 있는 그대에게

## 4 토닥여 주고 싶은 그대에게

## 5 삶에 지친 그대에게

## 6 내일이 있음을 알려주고 싶은 그대에게

# 1
## 갈 길을 몰라
## 서성이는 그대에게

# 시기

**1**

나만 세상에 버려진 것 같다고
우울해하지 마십시오.
모든 식물도 꽃이 피는 시기가 다르듯 사람도 마찬가지입니다.
당신이 남들보다 늦은 게 있듯이 남들보다 빠른 것도 있습니다.
사람마다 다가오고 주어지는 때가 다를 뿐입니다.
거기에 비애감을 넣지 마십시오.
그건 아무짝에도 쓸모없는 열등감이자 감정의 사치일 뿐입니다.

결국 사람의 인생은 한 곳으로 모이게 되어 있습니다.
소가 제아무리 느린 걸음으로 걸어도 제 할 일을 하며 갑니다.
당신도 그럴 수 있습니다.

**2**

제아무리 큰 그릇이라도 때가 아니면 종지보다 못한 그릇이 되고
난세가 아니면 영웅도 나오지 않듯
당신에겐 아직 당신만의 때가 안 왔을 뿐입니다.
그러나 영웅이 나오는 것보다 난세가 오지 않는 일이
거국적으로는 더 좋은 일이 아닐까요?
난세가 오면 많은 이들이 불안과 고통으로 눈물을 흘리게 되니까요.

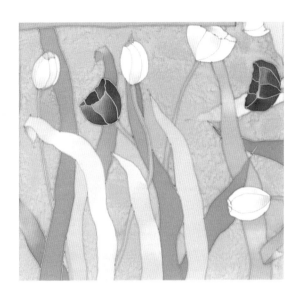

비록 나에게 세상에 나갈 기회가 오지 않는다 하여도
나 하나의 희생으로 많은 사람들이 난세를 겪지 않고
눈에서 눈물을 거둘 수 있다면
그것만으로도 더힐 나위 없는 값진 삶입니다.

**3**
자신의 꽃이 늦게 핀다고 조급해하지 마십시오.
해마다 피는 장미보다 백 년에 한 번 핀다는 용설란이나 소철나무의 꽃처럼
늦게 피는 꽃이 더 귀한 꽃입니다.

세상이 당신을 부르지 않는다고 비통해하지 마십시오.
기회가 오지 않는다고 야속해하지도 마십시오.

당신이 무능력하다고 자책하지도 마십시오.
월드컵에서 야구 선수들에게 축구를 하게 할 수 없듯
제아무리 유명한 명창이라고 해도 오페라 무대에서 성악을 하게 할 수 없듯
저마다 자기 역할이 있고 자기에게 맞는 무대가 있습니다.
당신이 서야 할 무대가 생기면 세상은 당신을 부를 것입니다.
그건 당신만이 할 수 있는 일이 될 테니까요.
설령 그 무대가 영영 오지 않는다 하여도
서운해하지 마십시오.
아직까지는
당신을 필요로 하지 않을 만큼 세상이 잘 돌아가고 있다는 증거이니까요.

그러나
당신이 나설 때가 왔는데도
세상이 당신의 필요성을 몰라준다면
직접 나서십시오.
에디슨과 간디도 그렇게 했습니다.

# 편지의 원조

한 통의 손글씨 편지를 받았습니다.
20여 년 전의 감흥이 되살아났습니다.
설레는 마음으로 편지 봉투를 열었습니다.
편지지에는 펜으로 정갈하게 쓴 글씨가 오롯이 박혀 있었습니다.
'사랑하는 당신에게'로 시작하는 편지글.
잉크자국이 새삼 반가웠습니다.

오래전 옛날,
글도 없고 말도 없던 시절에는 사람들이 자기 마음을 표현하기 위해서
자기의 지금 마음과 제일 닮은 돌맹이를 줬다고 합니다.
이것이 편지의 원조라고 합니다.

그리운 사람이나 사랑하는 사람에게 편지를 써보십시오.
당신에게 편지를 받은 사람은 감동을 받을 것입니다.

작은 것에 감동할 줄 아는 사람.
그 사람이 바로 당신과 평생 동지로 살아도 될 사람입니다.

# 진정한 포기

**1**

행복을 얻기 위해 살아가는 것이
인생의 최종 목표라고 말해도 과언이 아닐 것입니다.
사람과의 관계에서 행복에 가장 빨리 이르는 길은
바라지 않는 마음을 키우는 것입니다.
달리 말해, 상대에게 내가 준 만큼 고마움을 받으려는 마음보다
줄 수 있는 것에 대한 고마운 마음을 키우는 일입니다.
사람인 이상 어찌 바라는 마음이 없겠습니까.
바라는 마음을 영원히 없앨 수는 없을 것입니다.
그리고 바라는 마음이 꼭 나쁜 것만은 아닙니다.
사랑하는 사람이 건강하게 살아가기를 비는 마음도 바라는 마음이니까요.
이것 외에 상대에게 무엇을 얻으려 하고 돌려받고자 한다면
그때부터 마음에 불편함이 스밉니다.
서운함이 켜켜이 쌓이게 되면 증오심으로 바뀝니다.
증오심이 생기면서 자신은 점점 마음이 폐쇄되고 상처를 입기 시작합니다.
결과적으로 자기가 자기를 상처 입히는 자업자득이 되는 것입니다.
그러나 이런 사실을 그 누군들 모르겠습니까?
알면서 그게 잘 안되니까 문제가 아니던가요?
그렇다면 본인을 냉정히 들여다보십시오.
당신은 고마움을 잊지 않고 사는 사람이던가요?
나에게 바라는 마음이 생기는 것이 내 심리라면
고마움에 대해 잊어버리는 것도 인간의 심리임을 인정해야 할 것입니다.
나도 고마움을 잊어버리고 사는 사람인데
누구한테 배은망덕하다고 할 수 있겠습니까?

고마운 마음은 화초와 같습니다.
그래서 매일같이 물을 주고 벌레도 잡아주며 가꾸어야 합니다.
그렇게 관심을 기울여야 하는 것이 고마운 마음입니다.
반면 고마움을 모르는 마음은 길가에 아무렇게 난 잡초와 같아서
일부러 가꾸지 않아도 자라납니다.


**2**

갈등의 원인은 바라는 마음에서 옵니다.
저 사람이 내 마음에 들지 않아서 싫어하는 것보다는
내가 원하는 대로 해주지 않기 때문에 싫어하는 것입니다.
바라는 마음을 완전히 없앨 수는 없습니다.
이 사실을 인정한다면 상대도 나와 같다는 것을 인정해야 합니다.

'내 마음도 이러한데 저 사람인들 나와 같지 않겠는가.'
이것이 이해입니다.
이해를 하면 내 안에 자리잡은 바라는 마음이 조금은 덜어집니다. 이해심이 더 쌓일
수록 바라는 마음 또한 덜어지고 그 자리에 양보와 배려가 자라납니다.
그렇다고 자기를 사랑하는 마음도 버리라는 말은 아닙니다.
자기를 사랑하는 마음처럼 상대도 자신을 사랑하는 마음이 있다는 것을 인정하면 됩
니다.
자신을 사랑하는 마음은 아집으로 변질되지 않는 한 고귀합니다.

이해와 자기 사랑이 합쳐지면
진정한 사랑을 하게 됩니다.
사랑은 또 다른 당신의 이름입니다.

# 후회

소중한 것과 없어서는 안 될 것들은 늘 옆에 있습니다.
그러나 늘 옆에 있기에 소중하다고 생각하지 못하는 것도 그것입니다.
물이 그렇고 공기가 그렇습니다.
사람도 마찬가지입니다.
늘 옆에 있는 사람이 정말 소중한 사람인데
우리는 그의 존재를 잘 모르고 삽니다.
그가 떠났을 때 비로소 그의 존재가 소중했음을 알게 됩니다.
그러나 존재는 그 자리에 있을 때 존재적 가치가 있습니다.
사라진 후에 알게 되는 건 더 이상 그 사람이 아니라
'후회'라는 두 글자입니다.

깨달음은 늘 후회 한 발 뒤에 옵니다.
깨달음을 얻기까지 후회는 필요 불가결한 요소이기도 합니다.
그러나 깨달음을 얻으려면 후회에 멈추지 말고 반성을 해야 합니다.
반성 없이 자괴감으로 이루어진 후회는 인생을 파멸로 이끌지만
후회를 통해 반성을 하게 되면 '진보'라는 기름진 땅을 줍니다.
반성은 깊은 사색과 자기 통찰의 결과로 나오는 것입니다.

척박한 땅에서 자라는 곡식은
빈 쭉정이를 주지만
기름진 땅에서 자라난 곡물은
알찬 양식을 줍니다.

## 속단

세계 언어학자들이 말하기를
음성 언어로는 전달하고 싶은 의사의 8%밖에 표현할 수 없다고 합니다.
의사 전달은 말 이외에 눈짓, 눈빛, 표정, 몸짓, 손짓, 태도 같은 것들이
종합되어 이루어집니다.

만약 당신이 누군가의 음성 8%로 그 사람을 단정 지으려 한다면
정작 자기 인생에 소중한 역할을 할 수 있는 사람을 잃을 수 있으며
어리석음도 인정해야 할 것입니다.

진시황의 멘토 역할을 했던 한비자는 말더듬이였습니다.
진시황이 만약 한비자의 음성만 듣고 그를 내쳤다면
중국 대륙을 하나로 통일할 수는 없었을 것입니다.

# 절교

우리는 죽을 때까지 번뇌를 하며 살아갑니다.
이것은 인간의 숙명입니다.
이 번뇌는 여지없이 마음에 돌덩이들을 매달아 둡니다.
마음에 돌덩이를 매달고 사니 삶은 질척거리고 걷는 발걸음은 버겁기만 합니다.
그러나 우리를 무겁게 만드는 것은 무겁다고 생각하는 자기의 관념 때문입니다. 이 관념이 우리를 세뇌시키고 자기함정에 빠뜨리는 것입니다.

엄밀히 분석해보면 이 번뇌가 사람을 성장시키는 자양분입니다.
다만 이 번뇌를 지그시 관조하는 것이 아니라
너무 많이 집착한다는 게 문제일 뿐입니다.

번뇌 없는 삶을 누구나 원하지만
우리는 매 순간 선택을 해야 하므로 이 번뇌에서는 벗어나질 못합니다.
번뇌는 우리와 함께 살아야 할 '생각의 소화기관' 같은 것입니다.
과식을 하면 위와 장에 탈이 생기듯이
이 번뇌 또한 생각의 소화기관에 탈을 만들기도 합니다.
적절한 음식이 오히려 몸에 이롭듯 적절한 번뇌도 그러합니다.
과식해서 좋은 건 아무것도 없습니다.

번뇌에 너무 많이 끌려가지 않기 위해서는,
내가 어쩔 수 있는 것과 어쩔 수 없는 것을 가르는 것입니다.
어쩔 수 없다는 것은, 내가 최선을 다한 후에 오는 것입니다.
어쩔 수 없는 것을 부여잡고 있어서 좋은 것은 없습니다.
감정의 노동으로 인해 시간만 허비할 뿐이고
내 몸과 마음에 무거운 짐을 얹혀놓는 일입니다.
혹 당신이 어쩌지 못할 번뇌에 사로잡혀 있다면
두발자전거에 흔들바위만한 짚단을 싣고 가는 모습을
상상해 보십시오.
그 모습이 바로 당신의 모습입니다.

마음이 가벼워야 몸도 가벼워지고
더 많은 일을 할 수 있는 것이 아닐까요?

# 진리

톨스토이가 아스타포보 역장 관사에서 죽어가면서
마지막으로 한 말은
'나는 진리를 사랑한다' 였습니다.
톨스토이는 왜 저런 말을 했을까요?
저 말을 몇 번이고 곱씹다 보면 슬그머니 경외심이 생깁니다.
그리고 그 어떤 경고처럼 들립니다.
저 말을 거스르기라도 하면 무언가 안 좋은 일이 생길 것만 같습니다.

물은 위에서 아래로 흐릅니다.
만약 물이 아래에서 위로 역행을 하게 되면 어떤 일이 벌어질까요?
물이 위에서부터 채워진다면?
어쩌면 우리는 지금 산소통을 등에 매고 살아가고 있을지도 모르겠습니다.
진리라는 것은 결국 거역하면 안 되는 것이고
인간을 살아 숨 쉬게 하는 심장이며 피 순환의 통로인 혈관과 같습니다.
즉, 나를 살아가게 하는 것이 진리이기에 사랑할 수밖에 없는 것입니다.
톨스토이는 이것을 알게 된 것입니다.

우리는 사랑하는 사람을 보면 기분이 좋아지고 에너지가 생깁니다.
그 사람이 나에게 진리이기 때문입니다.

## 자연적 인생

'인생에는 정답이 없다'는 말이 있습니다.
과연 그럴까요?
인생을 자연적인 순리에 대입해 보자면,
정답은 있습니다.
진리는 불변하기 때문입니다.
우리는 강물이 바다로 흘러가듯, 진리를 찾아 살고 그리로 흘러가고 있습니다.
우리는 지금 그 답을 찾기 위한 과정을 걷고 있을 뿐입니다.
없다는 말에 너무 현혹되어 단정 짓지는 마십시오.
자기가 파놓은 덫에 걸려 허송세월을 보낼 수 있으니까요.

# 자가당착

예술가들은 창작품을 통해 자신의 존재감을 찾으려 하고
회사를 다니는 회사원들은 업무 실적을 통해
자신의 존재감을 인정받으려 합니다.
사람은 누군가에게 인정받을 때 존재감을 확인하게 됩니다.

누군가에게 존재감을 인정받기 위해서는
어떤 식으로든 감동이 있어야 합니다.
감동을 주는 사람은 기억 속에 오래 남습니다.
감동이 없는 시는 시가 아니듯
사람의 존재도 이와 별반 다르지 않습니다.
위인전기에 등장하는 위인들이 오늘날까지 위인으로 남을 수 있는 것은
사람들에게 감동을 주었기 때문입니다.

인생은 한 편의 연극이고 우리는 그 연극 무대에 오른 배우이자 작가입니다.
그리고 내가 알고 있는 사람들은 그 연극을 관람하는 관객이자,
찬조 출연자이며 비평가들입니다.

우리는 관객들에게 우레와 같은 박수를 받고 싶어 합니다.
그러기 위해서는 자기가 쓴 시나리오에 감동이 있어야 합니다.
김정희는 천 자루의 붓을 몽당붓으로 만든 후에야 붓글씨에 대해 말했고
귀머거리 베토벤은 장애를 극복하고 위대한 음악가가 되었습니다.
참 귀감이 되고 감동적인 실화입니다.
우리네 연극 무대에도 그런 감동이 있어야 합니다.

한 사람에게라도 감동을 얻지 못하면서 자기 인생을 극찬하는 것은
그냥 자기만족인 것입니다. 자기함정에 빠진 것입니다.
이것을 스스로 자각하여 함정에서 빠져나오면
지금보다 더 가치 있는 삶을 살게 될 것이며
감동이 담긴 시나리오를 완성할 수 있을 것입니다.

# 신神

지구 상에는 수많은 신들이 있습니다.
인도에서는 하루에도 몇 개의 신이 생겨나고 또한 사라진다고 합니다.
우리나라에도 많은 신들이 있고 신당들이 있습니다.
대부분의 신들은 눈에 보이지 않습니다.
우리는 보이지 않는 신들의 말을 더 신뢰하고 의지합니다.
우리는 보이지도 않는 신들을 위해서 제단을 만들고 제물을 바칩니다.
그러나 그 누구도 제물이 되고 싶어 하지는 않습니다.
보이지도 않는 신을 위해 누군가는 희생을 당합니다.
참 슬픈 일입니다.

신의 진정한 개념은 보여서 말하면, 그게 '신'인 것입니다.
자연은 사람들에게 그것을 보여주었습니다.
사람은 말로 많은 것들을 창조해 내지만
자연은 말없이 많은 것들을 창조해 냅니다.
이 세상에서 가장 드높고 웅장한 소리는 사람의 귀에 들리지 않습니다.
깊은 강물이 소리를 내던가요?
밤하늘에 흐르는 달이 소리를 내던가요?
쉬지 않고 불꽃을 피어내는 태양이 소리를 내던가요?
자연도 그러합니다.

안 보이는 신보다 보이는 자연이
인간의 위에 서 있는 건 분명한 사실입니다.
자연 앞에서 인간은 한없이 작아지니까요.

# 향기

## 1

"꽃의 향기는 백 리를 가고
술의 향기는 천 리를 가지만
사람의 향기는 만 리를 가고도 남는다.
난의 향기는 백 리를 가고
묵의 향기는 천 리를 가지만
덕의 향기는 만 리를 가고도 남는다."

중국 남북조시대에 송계아라는 고위 관리가 정년퇴직에 대비해 자신이 살 집을 보러 다니다가 지인들이 추천해주는 집을 마다하고 여승진이라는 사람이 사는 이웃집을 시세보다 더 많은 가격을 지불하면서까지 구입하며 했던 말입니다.
그는 집의 시세보다는 좋은 이웃의 가치를 더 높게 샀던 것입니다.

이 세상에서 사람의 향기만큼 오래가는 향기는 없습니다.
지금 당신에게는 무슨 향기가 납니까?
어떤 향기가 나느냐에 따라 그 사람이 달라 보입니다.
그렇기에 향수를 뿌리는 것이 아니던가요.
그러나 인공적인 향수는 한시적인 향기지 지속적일 순 없습니다.
여자가 잠들기 전에 화장을 지우듯 그 향기 또한 화장수에 닦여 사라집니다.
사람의 진정한 향기는 내면에서 뿜어져 나오는 것입니다.
그 향기는 천리만리를 넘어서 다음 세기까지 전해집니다.
우리는 비록 나이팅게일이나 마가렛 대처를 직접 만난 적은 없지만
그들의 향기를 지금도 느끼고 있는 것처럼.

2

귤나무엔 가시가 있는데 사람들은 그 나무를 가시나무라 부르지 않고 귤나무
라 부릅니다.

그 나무엔 향기로운 열매가 열리기 때문입니다.

장미나무에도 가시가 있지만 사람들은 그 나무를 가시나무라 부르지 않고 장
미라고 부릅니다. 그 나무에는 아름다운 꽃이 피기 때문입니다.

사람도 이와 마찬가지입니다.

향기를 머금은 사람은 이름 또한 예쁘게 불립니다.

꽃의 향기는 잠시 머물다 가지만

사람의 향기는 오래 머무를 수 있습니다.

사람이 꽃보다 아름다울 수 있는 이유는
꽃향기보다 사람의 향기가 더 오래가기 때문입니다.

# 행복

사람들은 누구나 행복해지길 원합니다.
그러나 누구나 행복해지지는 않습니다.
사람이 살면서 가장 행복할 때는 오직 사랑에만 몰두할 때입니다.
사랑을 하면 행복해집니다.
사랑과 행복은 한 몸입니다.

사랑을 하지 않으면서 행복을 바라는 것은
바퀴 없는 자동차가 굴러가기를 바라는 것과 같습니다.

사랑을 하지도 않으면서 사랑을 받기를 바라는 것은
참 염치없는 짓입니다.
그 염치없는 짓은 언제까지나 당신을 괴롭힐 것입니다.
왜냐하면 내 마음은 내 마음대로 조절할 수 있지만 남의 마음은 당신의 마음대
로 되지 않기 때문입니다. 그것을 불만족이라고 합니다.
만족할 수가 없으니 괴로움이 떠나지 않을 수밖에요.
주는 행복이 받는 행복보다 크다고 하면 당신은 믿지 않을 것입니다.
그러나 사랑을 하면
주는 행복이 받는 행복보다 훨씬 값진 것임을 알게 됩니다.
사랑받기를 원한다면 당신부터 사랑을 하십시오.
그러면 당신의 자동차에도 바퀴가 달리게 될 테니까요.

## 책 임

사람은 이 세상에 태어난 이상 저마다 지켜야 할 의무가 있고
그 의무에는 책임이 따릅니다.

인생은 스스로 경작하고 스스로 운영하는 것입니다.
어떻게 경작하고 운영하느냐는 당신의 자유의지입니다.
그러나 그 자유의지에는 무한한 책임도 요구됩니다.

자신의 인생 속에 부족분은 다른 사람이 채워줄 수는 있지만
그 누구도 자기의 인생을 대신해 살아 줄 수는 없습니다.
그리고 병이 났을 때 대신 아플 수도 없습니다.
자신의 인생은 자신이 책임져야 하는
합당한 이유가 여기에 있는 것입니다.

자녀가 학교에 다닌다고 해서 자식을 대신해서
학교에 다닐 수 없는 것과 마찬가집니다.
당신의 학교는 그 누구도 대신 다닐 수가 없습니다.

# 양심의 반대말

양심의 반대는 비양심입니다.
비양심의 뿌리는 욕심입니다.
욕심의 뿌리를 가리켜 우리는 '화근'이라고 말합니다.

불씨는 물로 끌 수 있고
잡초의 뿌리는 호미로 캘 수 있고
우리 마음에 있는 욕심의 뿌리는 우리 마음이 없앨 수 있습니다.

잡초의 뿌리를 제거하려면 어차피 육체의 힘을 빌려야 하지만
마음속의 욕심 뿌리는 굳이 육체를 쓸 필요가 없는데도
못 없애며 살고 있습니다.
알면서도 못하는 건 바보라서 그런 것입니다.
그러고 보면 이 세상엔 바보들이 너무도 많습니다.

ON

OFF

# 공부를 하는 이유

공부를 하는 최종 이유는 부자연스러움을 덜어내기 위함이고
참자아를 찾기 위함입니다.

나를 찾아가는 길은 그다지 평탄하지는 않습니다.
많은 반성과 후회를 만나게 됩니다.
그리고 원망이 따릅니다.
하지만 이런 것은 나를 비참하게 만드는 요소들이 아니라,
비바람을 맞은 나무가 더욱 뿌리를 깊숙이 내리듯
나를 더욱 견고하게 만들어주는 재료일 뿐입니다.

반성이 곧 참자아를 찾는 관문이며 삶을 푸는 열쇠이기도 합니다.
그러니 너무 자괴감에 빠지지 마십시오.
자괴감에 빠져버리면 코앞에 열쇠가 있음에도 못 보는 청맹과니가 되니까요.

이런 과정을 거치면
만나게 되는 것이 있습니다.
그것은 '순리'라는 존재입니다.
이치에 맞지 않을 때 오는 것이 곧 고통인 것입니다.

# 창피함

지구 상에서 가장 느린 생명은 달팽이입니다.
달팽이가 지구에서 살기 시작한 건 대략 6억 년 전이라고 합니다.
삼엽충이랑 동기이며 잠자리보단 3억 년 선배입니다.
6억 년을 살아오는 동안 멸종 위기가 여섯 번 있었는데
그 위기를 극복하고 지금까지 살고 있습니다.

느리고 연약한 몸으로 그 험준한 세월을 견뎌낸 달팽이에 비하면
빠르고 강인한 몸과 뛰어난 지능을 가지고 태어난 우리는 큰 수혜를 받은 존재
들입니다.
그럼에도 우리는 매일같이 불만입니다.

불평, 불만, 부정적 사고, 조바심, 비난은
가난한 삶을 살게 하는 원인입니다.

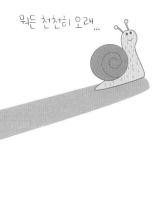

뭐든 천천히 오래...

# 사람 가치를 매기는 기준

사람의 가치를 매기는 잣대는
사회적 지위, 지적 수준, 부의 양, 머리가 좋고 나쁨 등 많습니다.

그러나
사람의 진정한 가치는 저런 가시적인 잣대로 매기는 것보다는
양심이 있느냐 없느냐로 측정하는 것이 옳은 방법입니다.

진정한 큰사람은
본능에 따라 움직이는 사람이 아닌 양심으로 움직이는 사람이니까요.

# 성서

성서에도 서로를 사랑하라 했지 모두를 사랑하라는 말은 없는 것으로 압니다.
잘못한 사람에게 용서만이 베풂이 아닙니다.
분노로 그 잘못을 일깨워 주는 것도 베풂입니다.

'세 살 버릇이 여든까지 간다'는 속담이 있습니다.
속담은 가벼이 여길 게 아닙니다.
속담은 오랜 세월 수많은 경험을 겪으면서 검증된 것이니까요.
버릇이 없는 세 살짜리를 혼내는 것은 안쓰럽고 가슴 아픈 일이지만,
잠시 동안의 따끔함이 그 아이에게는
70년 넘는 세월을 지켜주는 역할을 하는 것입니다.
이것이 진정한 베풂입니다.

# 거짓말

거짓말에는 두 가지가 있습니다.
선의의 거짓말과 악의적인 거짓말.
이 둘의 공통점은 그 어떤 식으로든 '보호'라는 막을 만든다는 것입니다.
자기를 위한 보호든, 남을 위한 보호든.

그러나 이 두 거짓말은 너무도 큰 차이가 있습니다.
선의의 거짓말은 감사함을 남기지만 악의적인 거짓말은 반드시 흠을 남깁니다.
선의의 거짓말은 자기에게 응원을 보내지만
악의적인 거짓말은 끝내 등을 돌립니다.

악의적인 거짓말은 도금한 반지가 시간이 흐르면 벗겨지듯 추해집니다.

# 집념과 집착이란

집념과 집착은 언뜻 생각하면 서로 비슷합니다.
하지만 이 둘은 큰 차이가 있는 다른 말입니다.

집념과 집착의 뜻은
사전에 그 의미가 잘 나와 있습니다.
마음을 한쪽으로 쏟는 것이 집념이며
마음이 한쪽으로 쏠려 매달리는 것이 집착입니다.
집념은 관심이며
집착은 구속입니다.
관심은 애착이며
구속은 감옥입니다.

만약 당신의 마음이 지금 누군가를 향해 있고
온통 그의 생각뿐이라면
집념인지 집착인지를 분별해 보십시오.
이 분별은 의외로 간단합니다.
감옥인지 아닌지 먼저 생각해 보십시오.
내가 그 사람 때문에 아무것도 못하고 있다면 집착이고
그 사람이 매일 걱정이 된다면 그에 대한 집념입니다.

# 독선

독선은
독을 품고 있는 선善입니다.
자기만을 위한 착한 일.
하지만 자기가 내뿜은 독은 상대방에게 피해를 주고
자기 자신에게도 쌓여
결국 피폐하게 만듭니다.
제 얼굴에 침 뱉기란 이를 두고 하는 말입니다.

독선과 비슷한 말 중에 독재라는 말이 있습니다.
이 둘의 결말도 비슷합니다.
독재의 결말은 파멸이니까요.

그러고 보면
파멸과 피폐해짐을 피하는 것은 의외로 간단합니다.
독선과 독재를 하지 않으면 되니까요.

이렇게 간단한 것을 못 하고 사는 걸 보면
인간은 참으로 게으른 존재들입니다.

그래서 자만이나 오만 등의 한자어에 들어가는 '만慢'자가
교만과 오만의 의미와 같은 거친 뜻도 있지만 게으르다慢는
의미도 있나 봅니다.

예쁘긴한데 꽤 무겁네……

# 행복에 이르는 지름길

지금 불행하다고 생각하십니까?

그렇다면 혹 행복의 기대치를 너무 높게 잡고 있지는 않은가 돌아보아야 합니다.

행복에 가까워지고 싶다면 행복의 기준을 낮게 잡으세요.

당신이 잡고 있는 행복의 기준이 백만 원어치라면

행복의 기준을 절반으로 줄여보세요.

행복의 기준이 작아질수록 행복과 더 가까워지며 더 많이 행복해질 수 있습니다.

백만 원을 버는 것보다 오십만 원을 버는 것이 더 쉽듯

행복이라는 것도 수치를 낮추게 되면 더 가까워집니다.

그러나 말처럼 잘 안될 것입니다.

당신은 이미 욕심에 길들여져 있기 때문입니다.


당신이 가지고 있는 욕심은 사실 돌멩이일 뿐입니다.

당신이 지금 행복하지 않다면

백 개의 돌멩이가 든 배낭을 지고 걷고 있기 때문입니다.

당신은 지금 그 돌멩이가 마치 황금인 양 착각하고 있는 것입니다.

갑자기 욕심이 돌멩이라고 말하니 황당할지도 모릅니다.

그렇다면 그것이 돌멩이가 아닌 옷이라고 생각해 보십시오.

당신의 옷장에는 입지도 못할 옷들이 살아온 세월만큼이나 있을 것입니다.

유행은 지났지만 돈을 주고 산 것이기에 아까워서 버리지 못하는 옷도 있을 것이며,

뚱뚱해져서 '언젠가 날씬해지면 입어야지' 하는 옷도 있을 것입니다.

그러나 마음처럼 입게 되던가요?

많은 이들은 이와 같은 생각 때문에 입지도 않을 옷을 쌓아놓고 살고 있습니다.
어차피 못 입을 거라면 남을 주거나 내다 버리면 될 것을,
그 미련과 그 욕심 때문에 아까운 시간과 세월을
감정노동으로 허비하고 있는 것입니다.
정작 욕심을 낼 것은 허비하고 있는 시간인데
그것을 모르고 살아가는 사람이 너무도 많습니다.
미련과 욕심이 행복해질 수 있는 당신을 막고 있는 것입니다.

어차피 못 입을 거 괜한 욕심 부리지 말고 당신에게서 떠나가게 하십시오.
그렇게 하면 다른 무언가가 채워집니다.
그것은 행복입니다.

# 세 개의 손

사람은 본디 세 개의 손을 가지고 있습니다.
오른손과 왼손, 그리고 다른 손입니다.
하지만 많은 사람들은 이 손을 쓰지 않고 살아갑니다.

기계도 너무 오래 쓰지 않고 방치하면 퇴화가 되듯
제아무리 잘 벼린 칼도 오래 쓰지 않으면 녹이 내려앉듯
이 손도 너무 오랫동안 쓰지 않고 살아가면 퇴화됩니다.

그 손의 이름은?
겸손입니다.
어떤 이가 겸손을 가리켜 '피기 어려운 꽃'이라고 했습니다.
왜냐하면 자만과 교만이 훼방을 놓으니까요.

자만과 교만은 감사할 줄 몰라서 생기는 것입니다.
감사할 줄 모르는 것은 자랑할 것도 아닙니다.
그러나 너무나 많은 사람들은 그것들을 자랑으로 내놓습니다.

누군가 돈을 준다면
너 나 할 것 없이 그 사람에게 감사해 할 것입니다.
그런데 우리는 입으로 들어가는 쌀 한 톨에는 경의를 표하지 않습니다.
왜일까요?
그건 돈이 아니기 때문인가요?
만약 우리 입으로 들어가는 것이 금싸라기고
쌀이 금처럼 흔하지 않은 것이었다면
우리는 쌀에게 경의를 표했을 것입니다.

이 세상에 한 끼 식사로 금 한 공기를 쌀처럼 씹어
소화시킬 수 있는 사람은 단 한 사람도 없습니다.
우리를 연명하게 해주는 것은 금과 같은 돈이 아니라,
쌀임을 자각하는 순간 겸손이라는 꽃이 피어나게 될 것입니다.

# 모순의 통일

짧은 게 있으니 긴 것이 있고
강함이 있으니 약한 것이 있으며
꼴찌가 있으니 1등도 있듯
바보가 있으니 천재도 있는 것입니다.

슬픔이 있으니 기쁨도 있고
불행이 있으니 행복도 있는 것이며
절망이 있으니 희망이 있듯
고통이 있으니 감사함도 있는 것입니다.

달리기 대회에서 1등이 돋보일 수 있는 것은 2, 3등이 있기 때문입니다.
2, 3등 없는 1등이 무슨 의미가 있겠습니까.
조연 없는 주연이 무슨 가치가 있겠습니까.
은메달, 동메달 없는 금메달이 무슨 영광이 있겠습니까.

우리는 이렇게 하나의 선상에 놓여 있습니다.
그러한즉 나 잘났다고 말하는 건 근시안적인 사고이며
우쭐대는 건 염치없는 짓일 뿐입니다.

# 인격의 척도

당신은 인격적으로 대우를 받을 권리가 있고
존중을 받아 마땅한 사람입니다.
하지만 마음과는 달리 그만큼의 대우를 못 받고 있으며
당신 또한 누군가를 존중하지 않을지도 모릅니다.
왜일까요?

사람의 인격은 생김새에서 나오지 않습니다.
사람의 인격은 자기가 하는 말에 의해 좌우됩니다.

인격을 가지고 있는 사람은 말씨가 멋지고
인격이 없는 사람은 말투가 험합니다.
말씨는 말의 맵씨를 말하는 것이고
말투는 말을 던지는 것을 의미하므로 다소 파괴적인 성격을 띱니다.
이렇듯 말이 곧 인격을 가늠하는 척도입니다.
또한 삶을 좌우할 수 있는 나침반이기도 합니다.
부정적이고 파괴적인 말을 입에 달고 사는 사람은 거친 고통으로 인생을 살고
긍정적인 말과 예쁜 말을 하며 사는 사람은 행복한 삶을 살고 있으니까요.

가난한 삶을 살고 있는 사람과
성공한 삶을 살고 있는 사람의 특징은
긍정과 부정으로 나뉩니다.

# 자 연

자연이라는 말은
한자로 '自(스스로 자)然(그러할 연)'이라고 씁니다.

**즉 자연이란, 스스로 그러한 것을 말합니다.**
**스스로 그러한 것, 그것이 순리이고 진리입니다.**
**자연을 대신해서 쓸 수 있는 말은 '당연'이라는 말입니다.**

그러나 우리는 순리를 역행하는 삶을 살고 있는데도 그것을 감지하지 못하고 살고 있습니다. 그 삶에 너무도 길들여져 있기 때문입니다. 당연한 것이 이제는 대단하고 특별한 것이 되어 버렸고 때론 당연함을 실행하는 사람들이 별종으로 취급받기도 합니다. 그뿐 아니라 반대로 당연한 일을 하고도 영웅 대접을 받기도 합니다.
그런 건 일상생활에서도 종종 찾아볼 수 있습니다.
술을 먹고 밤늦게 들어온 어떤 남편이 아내의 성냄에 이렇게 항변을 합니다.
"바람피운 적도 없고 도박을 한 적도 없는데 내가 왜 당신에게 감시를 받아야 해!"
술을 마시고 가족을 걱정시킨 것은 당연히 잘못한 일입니다. 그러나 남편은 오히려 자기의 잘못을 뉘우치기보다는 적반하장의 논리를 폅니다. 그런데 그 항변이라는 것이 매우 어처구니없는 말입니다.
바람을 피우거나 도박을 하지 않는 것은 배우자에 대한 당연한 도리인데 매우 사랑스러운 일을 한 것처럼 말합니다.
일상생활에서는 이런 일도 있습니다.
길거리에 사람이 쓰러져 있으면 당연히 그 사람을 돌보고 구해야 하는데 사람들은 제갈 길을 재촉합니다. 쓰러진 사람에게 신경을 쓰는 사람은 극소수에 불과합니다.
누군가 분실한 휴대폰을 습득하면 의당 주인에게 주어야 하는데 흥정을 합니다. 아예 분실한 휴대폰을 전문적으로 대포폰으로 만들어 되파는 전문업체도 생겼습니다. 미덕은 추석에 먹는 송편처럼 어쩌다 보게 됩니다. 설령 미덕을 베푼다 해도 바보취급을 하는 일도 있습니다.
이렇게 인간으로서 하는 당연한 일들이 이젠 특별한 일들로 변모해가고 변질되어 가는 세상이 마냥 좋아보이지는 않습니다.

대체 어디서부터 잘못된 것일까요?
우리나라 민족은 '사촌이 땅을 사면 배가 아프다'는 말이 있을 정도로 남이 잘되는 걸 결코 좋게 생각하지 않습니다. 사촌이 잘되고 친구가 잘되고 이웃이 잘되면 박수쳐줄 일이고 같이 기뻐해야 마땅한 일인데 우리는 거꾸로 시샘이나 하고 슬퍼하며 해코지를 해댑니다.
우리나라처럼 칭찬에 인색한 민족이 있을까요?
칭찬에 인색하다는 것은, 역설적으로 시샘과 질투가 많다는 의미이기도합니다. 시인 에머슨이 '질투는 무지의 소치'라고 했는데 그 말이 딱 맞습니다. 무지는 아는 게 없이 무식하다는 의미보다는 지혜가 없다는 의미가 더 강한 말입니다. 지혜가 없으니 칭찬에 인색한 것입니다.

칭찬에 인색하게 된 이유에는 역사적인 설움과 자본주의가 주는 병폐도 한몫 거들었을 것입니다. 반만년 동안 수많은 외세에 침략당하면서 살아남아야 했었고, 나라도 빼앗겨 보았으며 수많은 보릿고개도 넘어야 했습니다. 또한 민주주의를 이룩하고 자본주의 시장이 활성화 되면서 생활의 질은 나아졌지만 배려는 가난하게 되었습니다. 배고픈 시절 배고픔의 고행을 상기하여 남의 고통을 헤아리기보다는 살아남기 위한 지독한 독식가의 길을 택했고, 자본주의의 기본 시스템인 사회 환원을 무시해 버리고 자신에게 환원하는 독재가가 되어버렸습니다. 이것이 생존을 위한다는 미명하에 우리가 택한 태도입니다. 그러하니 자신을 지키기 위해 남들에게 인색할 수밖에요. 자본주의가 살아남으려면 사회 환원은 반드시 해야 합니다. 빌게이츠가 오늘날 위대한 것은 이것을 실천하고 있기 때문입니다.

우린 어릴 때부터 경쟁을 하는 법을 배웠습니다. 해방 이후 오늘날까지 우리나라의 가정교육과 교육제도가 그렇게 흘러가고 있습니다. 사회에 나가서도 우린 경쟁을 해야 합니다. 그래야 살아남으니까요. 이 시대에는 직장 동료니 학교 친구니 하는 말은 엄밀히 따지면 없는 것이나 다름없습니다. 이 시대에 속으로 사장된 말이 동료나 친구라는 말입니다. 직장 동료가 아니라 직장 경쟁자 학교 친구가 아니라 학교 경쟁자일 뿐입니다.

이대로 흘러가다가는 인류는 사멸하고 말 것입니다.

오늘날 공산주의가 왜 붕괴되었을까요? 그건 독재였기 때문입니다.

독재가 괴멸하는 건 당연한 자연의 이치이며 순수이었습니다.

왜냐하면, 혼자서 살아갈 수 없는 것이 인류이기 때문입니다.

벌집 안에 여왕벌이 만약 꿀벌들을 다 잡아먹는다면 그 여왕벌은 결국 어떻게 되겠습니까?

당신이 만약 무지한 사람이 아니라면 이것에 대한 답을 알 것입니다.

우리에게 절실히 필요한 것은 칭찬입니다. 독재와 독식에 길들여졌다면 이제부터는 진심으로 칭찬해 줄 수 있는 마음을 길러야 합니다.

칭찬은 죽어가는 식물도 살리고 사람에게 에너지도 주며 고래도 춤추게 하는데 그것을 왜 이끼러 하십니까. 사촌이 땅을 사서 배가 아프다면 자신만 손해라는 걸 왜 모르십니까. 언제까지 거꾸로 갈 것이며 언제까지 무지한 사람으로 머물 것입니까?

# 인생의 원료

순간이 모여 시간이 되고
시간이 모여 세월이 되며
세월이 모여 인생을 이룹니다.
이것이 인생의 원료입니다.
원료가 좋으면 인생이 맛있게 됩니다.

당신의 인생이 마음에 안 든다면
원료에 문제가 있기 때문입니다.
좋은 과일이 열리게 하려면
과수나무에 거름도 주고
약도 칩니다.

당신은 당신의 인생에 어떤 거름을 주고
어떤 약을 주었습니까?

악덕 과수원 주인은 화학비료를 주며
좋은 과수원 주인은 퇴비를 줍니다.

악덕 과수원 주인은 농약을 살포하지만
좋은 과수원 주인은 인체에 무해한 살충제를 자연에서 만들어 씁니다.

당신은 당신에게 어떤 주인이 되고 싶습니까?

# 헛된 날

시간은 누구에게나 공평합니다.
우리는 매일 24시간이라는 시간을 배분받습니다.
그러나 그 시간을 쓰는 것은 모두 다릅니다.
전적으로 그 시간을 어떻게 쓰느냐는 자기의 몫입니다.

우리 인생에서 가장 헛된 날은
한 번도 웃지 않은 날입니다.

웃음에는 여러 가지 웃음이 있지만
가장 건강한 웃음은 보람으로 짓는 웃음입니다.

다시 말해
오늘을 헛되게 보내지 않으려면
보람으로 만들 수 있도록
노력하며 살면 됩니다.

# 가장 무서운 바이러스

인류에게 가장 무서운 질병은 에볼라 바이러스에 의한 감염이라고 합니다.
치사율이 90%라고 합니다.
하지만 그것보다 더 무서운 바이러스가 있습니다.
이것은 사람을 한순간에 죽일 수도, 서서히 죽일 수도 있습니다.

그것은 사람에 의해 감염됩니다.
그것이 바로 '악성 루머'입니다.
칼이나 총이나 창만이 살인 도구가 아닙니다.
그것보다 더 무서운 살상 무기가 말과 글입니다.

말과 글을 좋은 의도로 쓴다면 삶을 윤택하게 만들어주는 벗으로 쓰이지만
악의적으로 쓰게 되면 그 어떤 무기보다 더욱 교활하고 잔인한 살상 무기가
되는 것입니다.
그런데 정작 이것을 살상 무기로 쓰는 사람들이 모르는 것이 있습니다.
말이라는 건 반드시 부메랑이 되어 자신에게로 다시 돌아온다는 것을요.

# 2

## 이미 닫힌 과거의
## 문 앞에서 주저하는
## 그대에게

# 삶

어떻게 살아가는 것이 진정한 삶일까요?
스코트 니어링이 이런 말을 했습니다.

'속된 삶 - 악마에게 영혼을 팔아 유명하게 된다.
양심을 지키는 삶 - 소명에 따라 행동하고 두려움이 없으며 정의롭게 된다.
성공은 부러움의 대상이 되고 유명함은 사람들의 기억에 남는 반면,
정의로움은 영원한 진리의 반석이 된다.'

당신은 어떤 삶을 택하시렵니까?
'나다움'을 찾으시고
'나답게' 사십시오.

'나'를 영어로 하면 'I'입니다.
'I'는 숫자 '1'과 닮았습니다.
숫자 '1'은 한자로 '一'입니다.
한자 '一'은 우리말로 '하나'입니다.
곧 '나'는 '하나'입니다.
지구도 하나고 우주도 하나입니다.
이렇게 지구와 우주와 나는 하나로 연결되어 있습니다.

지구별이 빛날 수 있는 건
빛나는 내가 있기 때문입니다.
내 가치를 빛나게 만드는 건 내가 할 일입니다.

# 자아 성찰

당신은 당신을 인정하기까지 숱한 나날을
타인과 자아 사이에서 방황하고 고뇌하며
세속적인 잣대(우월감과 열등감)를 부정하면서 살기도 했을 것입니다.
그런 과정 속에서 나 자신을 인정하게 됩니다.
인정하니 편해집니다.
탐냄도 내려놓게 됩니다.
이 모든 것은 자아 성찰을 통해 이루어집니다.

자신을 아는 공부가 최고의 공부라고 합니다.
자신에게 끊임없이 질문을 하다 보면 어느샌가
인생을 관조하는 사유가 깊어집니다.
소크라테스도 그랬고 부처도 그랬기에
견성을 한 것입니다.

매일같이 아침에 눈을 뜨면 한 가지씩이라도 계획을 세우고
한 가지의 화두를 자신에게 주십시오.
무턱대고 매달리는 화두보다는 탐구할 수 있는 문제를 주는 것이 좋습니다.
탐구해 들어가다 보면 자신에 대한 자각에서 깨달음으로 이어지게 됩니다.

# 인생의 또 다른 이름

날씨와 음식의 맛은 인생의 또 다른 이름입니다.
흐리고 맑고 춥고 덥고 선선하고…
짜고 맵고 달고 싱겁고 쓰고…

그렇기에 인생을 잘 살아가려면
비오는 날 우산을 준비하고, 국이 너무 짜면 물을 붓듯이
조절과 대비가 필요합니다.
준비된 사람에겐 무서움 또한 없습니다.

조절과 대비를 조급증으로 하지는 마십시오.
그건 본능적인 삶으로 가두게 하는 창살과 같은 마음입니다.
즐거운 마음으로 행하십시오.
그리하면 이성적인 삶으로 당신을 인도할 것입니다.

## 우울함 내보내기

만약 당신을 침몰하게 만들고 있는 우울함이 자기 자신 때문이라면
가만히 자기 자신을 들여다보십시오.
원인 없는 결과는 없습니다.
원인을 찾았다면 나를 아프게 만드는 것 역시
내가 만든 것이었음을 알았을 것입니다.
그건 나를 불편하게 만드는 그 어떤 계기가 불청객처럼 나타나
내 마음을 움직여서 만들어진 것일 뿐, 원래 있었던 것은 아닙니다.
그렇기에 내 마음 먹기에 따라 내보낼 수 있다는 것 또한 잘 알고 있습니다.
다만 마음처럼 안 될 뿐입니다.

이럴 땐 이것을 생각해 보십시오.
당신이 원래 바라는 것은 행복이었습니다.
모든 사람은 당신처럼 행복해지기 위해 살아갑니다.
행복해지기 위해 공부를 하고
행복해지기 위해 돈을 벌고
행복해지기 위해 직장을 다닙니다.
이렇게 행복해지기 위해 시간을 계속 연기시키고 있는 것입니다.

그런데 이런 미룸이 참 아둔한 짓입니다.
정작 중요한 지금 이 순간이 행복해지기 위한 과정으로 쓰이고 있으니까요.
십 년 뒤에 올 행복을 위해 지금을 저당 잡힐 필요는 없습니다.

행복해지기 위해 공부를 하는 것이 아니라,
공부를 하면 행복하니까 공부를 하는 것이고
행복해지기 위해 돈을 버는 게 아니라,
돈을 버니까 행복한 것이며
행복해지기 위해 직장을 다니는 게 아니라,
직장을 다니니까 행복한 것입니다.

지금이 행복한데 십 년 뒤엔 행복하지 않을까요?

결과에 집착하지 마십시오. 과정이 즐거우면 즐거운 결과가 나옵니다.
지금 행복하면 십 년 뒤에도 여전히 행복할 수 있습니다.
사람에게 중요한 것은 지금이지 십 년 뒤가 아닙니다.
사람은 지금 이 순간밖에 살 수 없는 존재들이기 때문입니다.

이런 사고가 십 년 뒤에도 이십 년 뒤에도 당신의 행복을 보장해 줄 것입니다.

# 우습게 보면 안 되는 것

우리는 너무 흔한 것을 우습게 보거나 무시하는 경향이 있습니다.
그러나 정작 우리에게 흔한 것은 사람에게 없어서는 안 될 것들입니다.
물이나 공기는 흔하지만 인간들에게
절대로 없어서는 안 될 것들이 아니던가요?
자연은 사람들에게 필요한 것일수록 많이 만들어 놓았습니다.
대표적인 것이 풀이라 부르는 야생초입니다.
오래전 사람들은 병에 걸리거나 기근이 들 때 풀을 뜯어 먹고 살았습니다.
야생초에는 온갖 병을 치유하는 약 성분이 들어있습니다.
질경이와 비름이 가장 흔하게 볼 수 있는 풀인 것은
그만큼 사람들에게 유익한 것을 많이 품고 있기 때문입니다.
이렇듯 자연은 사람에게 가장 많이 필요한 것들을
가장 흔하게 구할 수 있게 만들어 놓은 것입니다.

그러나 우리는 물보다는 돈을 더 중요하게 생각하며
공기보다는 보석을 더 중히 여깁니다.
돈과 보석을 중요시한다는 게 잘못된 것은 아닙니다.
살아가는 데 이 또한 필요한 것들이니까요.
다만 그쪽으로 무게가 너무 치우친다는 게 문제입니다.
균형이 없는 삶은 언젠가는 파괴되는 것이 세상의 이치입니다.
돈과 보석을 좋아하는 그 마음으로 자기 옆에 있는 흔한 것들을 대한다면
당신의 삶은 좀 더 풍요로워질 것입니다.

## 소 통

인간과의 관계에서 가장 중요한 것은 소통입니다.
대화가 잘 안 될 때는 입장을 바꿔 생각해 보십시오.
생김새가 다르듯 살아온 환경이 다르고 정서가 다른데 어찌 내 말과 사고에
공감이 가겠습니까.
역지사지는 상대방에 대한 최소한의 배려이며 예의입니다.
그럼에도 불구하고 여전히 그 사람을 이해할 수 없고 공감할 수 없다면
내 사고가 옳다고 하여도 주입시키려 하지 말고 서로 다름을 인정하여 멈추는
것이 현명한 처신입니다.
나의 사고가 정말 옳은 거라면 시간이 답해 줄 테니까요.

# 행불행의 결정요인

하버드 대학의 데이비드 맥클린이라는 박사는
25년 동안 사람들이 어떻게 성공했는지 연구를 했습니다.
그가 알아낸 것은 성공의 99%가 어떤 사람과 어울리는가에 좌우된다는 것과
인생의 행복과 불행의 85%를 인간관계가 좌우한다는 것이었습니다.
어울리는 사람이 달라지면 사고방식도 달라집니다.
그러므로 잘못된 인간관계가 인생을 망칠 수 있다는 것도 항상 염두에 두어야 합니다.
다른 사람의 인생을 망치지 않으려면 제일 먼저 내가 잘 해야 합니다.

그런데 사람과 사람 간의 관계에서도 미스터리한 일이 있습니다.
어떤 사람이 나에게 직접적으로 아무런 해를 입히지 않았는데도 이상하게 그 사람과
같이 있으면 안 좋은 일이 생기는 경우가 있습니다. 자기뿐만 아니라 다른 사람도 이
사람과 같이 있으면 마찬가지입니다. 당신 주위에도 그런 사람이 있을 것입니다.
이런 현상을 명확하게 증명할 수 있는 도구나 과학적 근거는 없습니다.
하지만 추론해 볼 수는 있습니다.
추론해 보자면, 그 사람이 지금까지 살아온 궤적에서 실마리를 찾을 수 있습니다. 우
리는 저마다 살아온 방식이 다르고 다른 정서에서 살아왔습니다. 그것들이 몸에 축적
이 되어 독창적인 향기를 만들어 냅니다. 모든 사람은 자기만의 향기가 있습니다. 꽃
향기가 가득한 곳에는 꿀벌과 나비들이 모이고 부패한 냄새가 나는 곳에는 파리가 찾
아옵니다. 세상은 음과 양으로 되어 있습니다. 이 둘은 자기장으로 연결되어 있고 서
로 끌어당기는 힘을 가지고 있습니다. 이런 이치로 보자면 안 좋은 일이 생기는 것은
그 사람이 안 좋은 일을 끌어당기고 있기 때문입니다. 다시 말해 그 사람의 살아온 궤
적에 그다지 유쾌하지 않은 일들이 더 많았다는 것입니다.

또 하나의 연관된 추론은, 향기에도 궁합이 있다는 것입니다. 아무리 어여쁘고 향기로운 꽃이 두 송이가 있다고 해도 두 개의 향기가 합쳐졌을 때는 오히려 역한 냄새가 날 수도 있습니다. 두 개의 향기가 서로 맞지 않아 밀어내기 위해 그런 반응을 보이는 것입니다. 역한 냄새가 나면 그 자리를 피하는 것이 당연한 현상입니다. 즉 나와 그 사람의 파장이(향기) 맞지 않아서 안 좋은 일이 생기는 것입니다. 역한 냄새가 나면 신이 나는 건 파리나 모기 같은 해충뿐입니다. 파리와 모기가 인간을 이롭게 하지는 않습니다. 그러니 안 좋은 일이 생길 수밖에요.

파리와 모기가 많이 몰려드는 곳을 피하려면 떠나는 게 상책입니다. 그러나 명심해야 할 것은, 나 또한 누군가에겐 파리나 모기가 몰려들게 하는 존재라는 사실이며, 나에게 해를 입힌 그 사람도 누군가에겐 벌과 나비가 몰려들게 하는 존재라는 것입니다.

참고로 이런 사람들은 피하는 게 좋습니다.

도박을 업으로 하는 사람, 성에 미친 사람, 도덕적 기준이 없는 사람, 성을 파는 사람, 영혼보다 돈을 더 좋아하는 사람, 본능만으로 사는 사람, 이성을 유혹하여 먹고 사는 사람.

이들의 공통점은, 사람을 작게 만들며 사람을 소중하게 생각하지 않는 사람들이라는 것입니다. 이런 사람들과 있으면 유난히 안 좋은 일들이 더 많이 생깁니다.

# 배

우리는 눈에 보이는 것을 위주로 살아가려 합니다.
외모지향주의가 그 단면입니다.
하지만 사람은 눈 위주가 아닌 배를 중심으로 두고 살아야 합니다.
배는 소고기를 먹든 닭고기를 먹든 마찬가지입니다.
내면으로 사는 것이 숙달되면 눈앞에 보이는 것이 제아무리 유혹을 해도
평상심을 잃지 않게 됩니다.

외모를 가꾸는 일은 쉽습니다.
멋진 옷을 입고 화장을 멋지게 하는 방법을 배우면 되니까요.
그러나 이렇게 꾸미기 위해서는 돈이 들어갑니다.
하지만 내면을 가꾸는 일에는 그다지 돈이 들어가지 않습니다.
예쁜 마음을 가지려면 예쁜 생각을 하면 되고
멋진 몸을 가지려면 운동을 하면 되며
말을 잘하려면 독서를 하면 되니까요.
이런 것은 안에 쌓이게 됩니다.
그리고 향 주머니 같은 역할을 합니다.


은은하게 퍼지는 향이 오래갑니다.
화학향수는 하루면 가시지만
법당 향로에서 피어오르는 향은 오래갑니다.

# 욕심과 행복

욕심과 행복은 반비례합니다.
욕심이 클수록 불행하게 될 확률은 높습니다.
이것은 우울한 날이 많을수록
웃는 일이 줄어드는 것과 마찬가지입니다.
그러나 우리는 이런 사실들을 너무나 잘 알고 있습니다.
잘 알고 있으면서 쉽게 놓지를 못하고 삽니다.
잘 알고 있는 시험문제의 답은 유쾌하게 잘 풀면서 말입니다.

어쩌면 우리는 아는 문제도 못 푸는
바보일지도 모릅니다.
아는 문제도 못 풀어서
낙제점수를 받게 되는 인생은 되지 않길 바랍니다.

# 꿈

아래의 말은
코카콜라 사장 우드러프가 2차 세계 대전 때
비전 선포식을 하면서 발표한 전문입니다.
"앞으로의 내 꿈은 전 세계 모든 사람들에게
코카콜라 한 잔이라도 맛을 보게 하는 것입니다."
현재 유엔 가입국은 192개국 정도지만
코카콜라가 들어간 나라는 197개국 정도 된다는군요.
꿈을 꾸는 사람은 어느샌가 그 꿈이 현실이 되어 다가오기도 하고
그 꿈을 닮아 가기도 합니다.
그러나 가만히 있는다고 하늘에서 떨어지는 건 아닙니다.

꿈을 품고 있는 가슴과
꿈을 향해 가는 노력이 있기 때문에 가능한 것입니다.
꿈을 포기하지 않고 가슴에 품고 사는 사람은
창조력을 잃은 최후의 인간은 아닙니다.
인생에서 중요한 것은 '얼마나 빨리 가느냐'가 아니고
'어디를 향해 가느냐'입니다.

# 사랑의 매

잘못을 했을 때 모든 사람은 관대한 용서를 바랍니다.
그 용서의 또 다른 이름을 자비라고 합니다.
하지만 때로는 사랑의 매보다 자비가 오히려 해가 될 수도 있습니다.
상황에 따라선 자비의 반대쪽이 사랑일 수가 있는 것입니다.

우리 속담에
'바늘 도둑이 소도둑이 된다'는 말이 있습니다.
만약 바늘을 훔쳤을 때 용서가 아닌 사랑의 매를 들었다면
소도둑이 되는 건 막을 수 있지 않았을까요?

잘못 했다고 합니다~

# 스승

'스승다운 스승 없고 제자다운 제자 없다'는 말이 생긴 건
이미 오래전 일입니다.
그만큼 사제지간의 존엄과 존경심이 없어졌다는 말이기도 합니다.
이렇게 된 이유에는 여러 가지가 있습니다.
사회적인 입시 위주의 교육 시스템도 한몫했을 테고,
인성 교육의 부재로 인한 문제도 있을 테고 등등…

하지만
인생의 스승은 그리 멀리 있는 것이 아닙니다.
바로 옆 사람이 스승입니다.
사랑하는 사람이 스승인 것입니다.
그리고 지금까지 나를 거쳐간, 학교 선생님을 비롯한 수많은 사람들이
나의 스승들이었습니다.
배우고자 한다면 일곱 살 어린이에게서도 배울 것이 보입니다.
단, 보려고 할 때 보입니다.
느끼려고 할 때 느껴집니다.

# 존경

선입관과 편견이 없이 사람을 보는 일은 참 힘든 일입니다.
그것을 빼고 사람을 보고자 한다면
내 자신은 어떤 사람인가 먼저 보도록 노력하십시오.
사람은 자기 얼굴에 붙은 눈썹은 못 보는 법인데
남의 얼굴에 검댕이 묻은 것으로 어찌 그 사람을 평가할 수 있겠습니까.
자기 공부는 이렇게 시작되는 것입니다.
자기를 알아야 남도 헤아릴 수 있게 되는 것입니다.
존경은 자기를 알고 남을 헤아릴 수 있는 사람이 받습니다.
존경을 받을 수 있는 가장 빠른 방법은
지위가 높은 사람들을 대우해 주기에 앞서
그 사람들이 부리는 부하직원을 존중해 주는 것입니다.
아랫사람들과 잘 어울리는 사람은 돌팔매를 받지 않습니다.
친구도 이런 친구를 사귀면 덩달아 나도 존경받게 됩니다.

HU HU HU~

# 도덕적 기준

하늘은 언제나 내려보고
하늘 아래 있는 만물들은 하늘을 올려다봅니다.

다 자란 것들은 고개를 하늘로 들지 않고 아래로 내려 봅니다.
벼가 익으면 고개를 숙이고 사람이 늙으면 허리가 굽습니다.

남에게 인정과 존경을 받길 바란다면
겸손을 중심으로 한 도덕적 기준부터 세우십시오.
그건 인생살이의 기본이고 성숙으로 이르는 길에 초석이 되는 것입니다.
교과목 기본이 탄탄한 사람이 공부를 잘하고
기본 설계가 잘 되어 있는 건물이 그만큼 튼튼하여 믿음이 가듯
사람도 마찬가지입니다.

부의 기본은 자산이지만 사람의 기본은 도덕적 양심의 유무에 있습니다.
그것이 인간됨의 기준점입니다.
도덕적 양심이 불량인 사람이 제아무리 돈이 많은들 무엇하겠습니까.

1988년 탈주범 지강현이 전두환의 아들을 빗대어 외쳤던
'유전무죄 무전유죄'라는 말처럼 돈으로 있던 죄도 없는 죄로 만들 수 있는데 어찌 돈
의 위력을 감상적인 말로 이 시대에 감당할 수 있겠습니까. 돈의 권력은 이 시대만이
아니라 태고적부터 있었던 권력입니다. 그 권력의 위력은 세기가 변한 지금까지 대단
합니다.
사람 싫어하는 사람은 많아도 돈 싫어하는 사람은 없을 것입니다.
그 위세는 인류가 멸망하기 전까지는 계속 지속될지 모를 무서운 권력입니다.

그렇기에 이제는 저 무서운 권력을 무력화시킬 인식 전환이 있어야 합니다.
없이 사는 것이 불편하지만 꼭 나쁜 것만은 아니라는 인식의 변화.

불편함을 잠시 던져버리고
없어서 좋은 것이 무엇인지 생각해보십시오.

일단,
돈 때문에 나를 좋아하는 사람들이 걸러집니다.
그 사람들은 나를 좋아한 것이 아니라 돈을 좋아한 것입니다.
돈 때문에 그동안 당신이 싫어도 당신을 좋아했던 척 했던 것입니다.
당신 앞에서 가식적으로 웃고, 말하고, 같이 자고 등등.
당신을 인간으로 존중한 것이 아니라 돈 나오는 기계로 기만했던 것입니다.
그중에 가장 끔찍한 것은 당신 앞에서 가식적으로 눈물을 흘렸다는 것입니다.
참 무서운 일이 아닐까요?
그렇기에 없이 살아서 꼭 나쁜 것만은 아닙니다.
최소한 인간의 존엄을 유린 받을 일 중에 하나는 줄어드는 것이니까요.

우리가 아직까지 존경하는 성인들은 바로 이것에서 벗어난 사람들입니다.
그들의 공통점은 도덕적 기준인 양심과 돈에 끌달리는 삶을
살지 않았다는 것입니다.

짠!

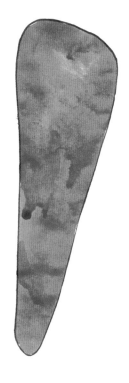

"짠!" 하고 외치면 무언가 재미있는 일이 일어날 것 같습니다.
"짠!" 하고 외치면 무언가 좋은 일이 일어날 것 같습니다.
아침에 집을 나서면서 "짠!" 하고 외쳐보십시오.
하루가 새롭게 다가올 것이며 밝게 다가올 것입니다.

자기의 인생은 그 누구도 대신 살아주지 않습니다.
스스로를 응원해 주는 것은 자기의 의무입니다.
자신에게 직무유기를 하면 그 처벌 또한 자기가 받습니다.

내가 에너지가 넘쳐야 주변이 생동합니다.
왜냐하면 세상의 중심에는 언제나 내가 있기 때문입니다.

그런 주인의식이 나와 가족과 더 나아가 나라와 세상을 지키는 것입니다.

## 역행

우생마사牛生馬死라는 말이 있습니다.
'소는 살고 말은 죽는다'라는 뜻을 가진 말입니다.
말은 소보다 헤엄을 두 배나 잘 친다고 합니다.
그러나 홍수에 떠밀리면 소는 살고 말은 죽는다고 합니다.
그 이유는 말은 물의 흐름을 역행하면서 헤엄을 치지만
소는 물 흐름을 거스르지 않고 순리를 따르기 때문입니다.

순리를 역행하는 것은 모험과 도전이 아니라,
무지의 소치이자 객기입니다.
때로는 바람이 부는 대로 내 몸을 맡기는 것도 세상을 사는 지혜입니다.

# 두려움을 극복하려면

받아들일 준비가 된 자는 두렵지 않습니다.
준비가 되지 않은 사람은
기회가 와도 해내지 못할 것이라는 두려움 때문에
놓치고 맙니다.
준비된 자세로 살면
세상에 두려울 것은 없습니다.

사람에게 실패한 사람은
그 사람보다 더 좋은 사람을 만나기를 고대합니다.
그러나 바라기만 하면
그런 사람은 절대로 오지 않습니다.
그런 사람을 만나기 위해서는
자신도 준비를 해야 합니다.

사람은 아는 것만큼 보입니다.
자신은 그 자리면서 높은 곳에 있는 사람을
바란다는 건 염치없는 짓이 아닐까요?
설령 그런 사람을 실제로 만났다고 해도
소화는 시킬 수가 없습니다.

기회란 준비된 자만이 잡을 수 있습니다.

## 특혜

가장 작은 파충류인 피그미 카멜레온 도마뱀은
죽을 때까지 사방 1미터 정도 움직인다고 합니다.
그보다 많이 움직이는 우리는 특혜 받은 사람들입니다.

그렇기에 이 세상에서 모범이 되어야 하는 건
사람이 가진 의무입니다.
특혜라는 건 우리가 예뻐서 주는 것이 아니라
그 혜택만큼 인류에 공헌하라고 주는 것입니다.

# 정작 중요한 것은

세상에는 힘을 가진 자가 무척이나 많습니다.
그러나 그 힘을 제대로 쓰는 사람은
그리 많지 않습니다.
힘을 가진 것이 중요한 것이 아니라
어디다 쓰느냐가 더 중요합니다.

신발을 만드는 사람이 건축 일을 한다면
그 건축은 부실 공사가 됩니다.
학생을 가르치는 선생이 생선을 판다면
그 생선 가게는 문을 닫을 확률이 높습니다.
신발을 만드는 기술이 있다면
그 에너지를 신발 만드는 곳에 써야 합니다.
학생을 가르칠 만큼 지식을 가지고 있다면
그 지식을 교육에 써야 합니다.

국가가 진정 원하는 것은
성실하게만 일하는 것보다는,
자기의 능력을 적재적소에서 발휘하며
성실하게 일하는 것을 원하는 것입니다.

# 사람

## 1

수많은 사람들이 사람 때문에 아파하고
상처도 받으며 살고 있지만
사람에 의해서 다시 치유 받을 수 있고
일어설 수도 있습니다.
땅에 넘어지면 땅을 짚고
일어서야 하는 것처럼 말입니다.

## 2

사람은 한 권의 책과 같습니다.
그렇기에 당신은 당신의 책을 쓰는 저자입니다.
이왕이면
읽다가 덮는 책이 아닌 더 읽고 싶은 책을 쓰십시오.
그런 책이 좋은 책이듯
사람도 그런 사람이 좋은 사람입니다.

## 3

나쁜 사람과 못된 사람
나쁜 사람이란,
나쁜이 모르는 사람이고
못된 사람은, 아직 사람이 못 된 사람을 말합니다.

CREATIVE
=
HUMAN

# 브랜드

내 인생에선
내가 브랜드입니다.
나를 창조할 때 비로소 브랜드의 가치도 높아집니다.
우리에겐 창조 능력이 있습니다.
이것은 자연의 능력 다음으로 위대한 능력일 것입니다.

사자가 밀림의 왕임에도 불구하고 여전히 나무 밑에서 잠을 자는 건
창조 능력이 없어서입니다.
사자에게 창조 능력까지 있었다면
아마도 인간을 점령했을 것이며 지구는 사자들의 것이 되었을 것입니다.

창조하려고 늘 노력하는 사람은
자기 발전의 원천이
이것이라는 것을 아는 사람입니다.
니체가 말한 최후의 인간에서 제외된 사람입니다.

## 꽃 안의 꽃

꽃은 자기 안에 또 하나의 꽃을 피웁니다.
이것은 자세히 봐야 보입니다.

당신도 가슴 안에 이런 꽃을 피울 수 있습니다.
사람이 꽃보다 아름다울 수 있는 이유는
향기를 오래 머물게 할 수 있어서이기도 하지만
마음먹기에 따라 수많은 꽃을 피울 수 있는 능력이 있어서이기도 합니다.

자연에서 피는 꽃의 이름이 다양하듯
사람에게서 피는 꽃의 이름도 다양합니다.
덕, 이상, 배려, 도리, 희망, 칭찬, 감사, 사랑 등 너무도 많습니다.
이렇게 많은 꽃들 중에 당신 가슴에 핀 꽃들은 무엇입니까?
이왕이면 벌과 나비가 찾아올 수 있는
꽃을 키웠으면 좋겠습니다.

# 성숙의 척도

**성숙의 척도는 양심과 겸허함에 있습니다.
양심과 겸허함이 없다면 아직 덜 성숙한 것입니다.**

나이가 많은 것과 성숙은 극명히 다른 것입니다.
몸이 성장하는 것은 자기의 의지대로 되는 것이 아니지만
정신연령의 성숙은 자기의 의지에 의해 만들어지는 것입니다.
출세지향적인 공부가 아닌 탐구자의 자세로 인생을 사유하기 위한
공부를 하는 사람에겐 본래 있었던 양심이 아닌 자아를 넘어선
우주적 차원의 양심이 찾아옵니다.
이 양심은 자연(스스로 그러한 것)에 순응하게 만들고
겸허함을 가져다줍니다.
이것이 진정한 성숙입니다.

든 게 많을수록 숙이는 법이지

# 예방접종

작은 구멍이 금방 큰 구멍이 되고 작은 홈이 금방 큰 홈이 됩니다.
작은 이기가 금방 큰 이기가 되고 작은 싸움이
금방 큰 싸움이 되기도 합니다.
또한 작은 욕심이 금방 큰 욕심으로 변하기도 합니다.
방죽이 터지는 것도 작은 구멍으로부터 시작됩니다.
한 개인의 안전 불감증이 대형 참사로도 이어질 수 있습니다.
노름이라는 것도 한 번의 작은 수확이 중독으로 이어집니다.
알코올 중독도 술 한 잔으로부터 시작됩니다.
작다고 얕보지 말고 미리 막으십시오.
한 번의 작은 수고가 아주 큰 것들을 지켜낼 수 있습니다.

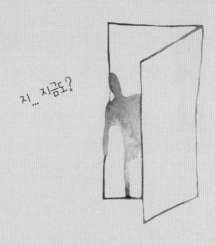

지... 지금도?

늦었다고 생각하지 말고
이왕에 지난 거, 적기라고 생각하십시오.
후회는 최선을 다한 후에 해도 늦지 않습니다.

# 인상

**관상불여심상**觀相不如心相.
'관상이 아무리 좋아도 마음가짐이 좋은 것을 따라가지 못한다'는
말이 있습니다.
통계에 의하면 중범을 저지른 범죄자들은 안 좋은 인상을 가진 사람보다도 좋은 인상을 가진 범죄자가 더 많다고 합니다.
그러고 보면 우리가 가지고 있는 얼굴이야말로 칼보다도
무서운 흉기가 아닐까 합니다.
얼굴이야 얼마든지 가면으로 위장할 수 있으니까요.

과일의 맛은 껍질이 아니라 속 알맹이가 가지고 있듯
사람의 진가 또한 과일과 크게 다르지 않습니다.
가수는 얼굴로 노래하지 않습니다.
속에서 나오는 목소리로 노래를 합니다.
이렇듯
마음가짐이 바른 사람은 얼굴로 보여주지 않고 행동으로 보여줍니다.

## 잃는다는 것

루이스가 '잃음'에 대해서 이런 말을 했습니다.
'잃음은 우리가 경험하는 사랑에 뒤따라오기 마련인 한 부분이다.
결혼이 구혼에 뒤따르듯 가을은 여름 뒤에 오듯 사별은 결혼에 이어 온다.
잃는다는 것은 단절이 아니라 또 하나의 국면이다.'
그렇기에 잃은 것에 대해 많은 시간을 허비한다는 건,
새로 다가올 무언가에 대한 모독이기도 합니다.
새롭게 다가올 것을 선택해야 할지 말아야 할지 망설여지십니까?
그 일이 내 인생에 가치가 있는 일이라면 망설이지 마십시오.
가치 있는 일을 하는 데 있어서는 늦음이란 없습니다.

우리의 각오

바다를 포기하지 않는 강처럼 강물에 잠겨 있으되
젖지 않는 달처럼 살아가는 것.

바다는 모든 것을 다 '받아' 주어서 바다입니다.
바다는 흙탕물이건 맑은 물이건 가리지 않습니다.
하나의 샘이 냇물을 이루고 강물이 되기까지 온갖 것을 만나 본래의 원천보다
오염이 됩니다. 그럼에도 바다로 흐르는 것은 소금물로 재탄생하기 위해서입
니다.

달은 교교히 흐르지만 그 소리는 그 어떤 소리보다 드높습니다.
달은 온갖 모든 것을 대하지만 절대로 물들지 않습니다.

사람도 이와 같이 되길 소망합니다.

# 부끄러움

친구에게 속는 것보다 친구를 믿지 않는 게
더 부끄러운 일이라고 합니다.
믿음을 앞에 두어야 하는 게 마땅한 것인데,
어느샌가 우리는 의심을 먼저 하고 봅니다.
참 부끄러운 일입니다.
의심은 나를 상하게 하고
의문은 나를 깨닫게 합니다.
스스로에게 질문을 게을리하지 마십시오.
질문을 계속 하다 보면 끝내는 답을 찾게 됩니다.
이것이 자기를 성숙시키는 방법이기도 합니다.

지나온 과거를 어떻게 바꿀 수가 있겠습니까.
그건 드라마나 소설에서만 가능한 일입니다.
그러나 미래는 바꿀 수가 있습니다.
그건 지금의 내가 바뀌면 됩니다.
언행이 바뀌면 내 미래도 바뀝니다.

# 있어야 할 곳

똥이 방에 있으면 오물이지만 밭에 놔두면 거름이 됩니다.
똥이 아무리 더럽지만 구더기한테는 가장 맛있는 음식이며
안식처입니다.
나란 존재도 어디에 있느냐에 따라 그 가치가 달라집니다.
거미는 거미줄에서 살아야 하는 것처럼 사람도 각자 살아야 할 곳이 있지 않을
까요?

내가 살아야 할 곳은
나를 무시하고 기만하는 곳이 아니라
나를 존중으로 대하는 곳입니다.

반대로
내가 타인을 무시하지 않고 기만하지 않으면
그 사람이 살 곳은 내가 살고 있는 그곳이 될 것입니다.

어쩜 이렇게 모두 다르지??

# 혼란과 불안 그리고 갈등

혼란과 불안은 주관을 흐트러지게 하고 병을 가져다 줄 수 있습니다.
신경쇠약, 심장병 등의 원인이 되기도 합니다.
지금 해결하지 못할 것이라면
혼란과 불안을 시간에 맡기는 것이 현명한 방법입니다.
지혜란 현명함에서 오는 열쇠입니다.

작은 갈등도 쌓이면 쉽게 넘지 못할 산이 됩니다.
모든 사람이 나와 같지는 않습니다.
태어난 환경이 다르고
사는 방식이 다르며
정서와 사고가 다른데 어떻게 똑같을 수가 있겠습니까.
그렇기에 인간관계에서는 조율과 인정이 필요한 것입니다.

내가 진정 옳은 것이라면
그것을 상대에게
강요 주입시키려 하지 말고 기다리면 됩니다.
시간이 지나면 그 사람도 자연히 알게 되니까요.
그때가 되면 부끄러워지는 것은 당신이 아니라
그 사람이 될 테니까요.

# 능동적인 사람

멈추지 않고 스스로의 한계에서 벗어나려고 하는 사람은
끊임없이 발전하고 생동할 수밖에 없습니다.
고인 물이 썩듯 사람도 오래 멈추면 썩습니다.
불평, 불만, 우울, 증오 등 자기를 어지럽히고
고통스럽게 만드는 감정에 머물러 있는 사람들의 특성은
항시 그 늪에서 멈춰 있다는 것입니다.
썩지 않으려면 그 늪에서 나오십시오.
사람은 진화해야 하고 물은 흘러야 합니다.
그래야 썩지 않습니다.

자기에게 가지고 있는 것을 못 보면 불행할 수밖에 없습니다.
자기에게 없는 것을 가지려 하니 불행해질 수밖에요.
찾아보십시오.
나에게도 좋은 것이 얼마든지 있으니까요.
능동적이고 긍정적인 사람의 특징은
자신에게서 장점을 찾아내어 끌어낸다는 것입니다.
당신도 그렇게 할 수 있습니다.

## 또 하나의 답

자기가 원하는 걸 가질 수 없거나 할 수 없을 때
우리는 빈곤을 느끼며 자기 자신을 하찮게 생각하게 됩니다.
그럴 땐
내가 할 수 있는 걸 해보십시오.
그러다 보면 또 다른 답이 나옵니다.
내가 이 세상에서 할 수 있는 게 있다는 것은
나란 존재가 이 세상에 쓰임새가 있다는 의미이기도 합니다.
그것을 깨닫게 되면 하찮음에서 벗어나게 됩니다.

# 새 눈물

지난 일로 새 눈물을 흘리진 마십시오.
그런 각오로 세상을 살면 반드시 강해지며
행복 또한 빨리 다가올 수 있습니다.

날개는 새한테만 있는 것이 아닙니다.
사람에게도 날개가 있습니다.
다만 눈에 안 보일 뿐입니다.
현명한 사람들은 그 날개를 찾아 달고 날아다닙니다.
날개가 있다고 믿으십시오.
그러면 당신도 날 수 있습니다.

## 지식과 지혜

아는 지식이 아무리 많아도 의식이 없으면
그건 그저 말라버린 나무와 같습니다.
지식은 머리에 담아 둘 수 있지만
가슴에는 담아 둘 수 없습니다.
지혜는 머리와 가슴에 담아 둘 수 있습니다.

지식은 되풀이하지 않으면 소멸되지만
지혜는 언제나 머물러 있습니다.

지식이 많은 사람은 사회적인 성공에 가까워지지만
지혜로운 사람은 출세에 가까워집니다.

성공은 나의 만족이지만
출세는 세상의 부름입니다.

# 인간의 영원한 스승

인간에게 있어 영원한 스승은 위대한 사상에 있는 것이 아닙니다.
인간, 그 자체에 있는 것입니다.

가르친다는 건
상대가 모르는 무엇을 주는 게 아니라
상대가 이미 가지고 있는 것을 나오게 돕는 것입니다.

많이 배웠다고 해서, 나이가 많다고 해서
이 세상 모든 것을 다 알 수는 없습니다.
모르는 것이 있으면 먼저 깨달은 이에게 물어보십시오.
모르는 것을 물어보는 것은 창피한 일이 아닙니다.
진정 창피한 일은 모르면서 아는 척 하는 일입니다.

음... 역시 나란 사람은

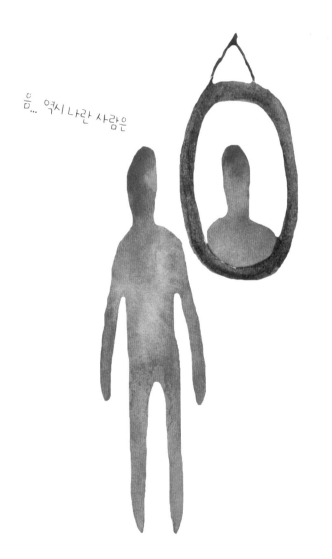

# 자아도취의 함정 그리고 오지랖

개인의 힘에 도취되면 이성을 상실하게 됩니다.
폭력이 절대적이라고 믿고 나라를 다스렸던
로마제국도 그렇게 무너졌습니다.
자아도취에 눈이 먼 나머지 자아비판을 할
이성적 기능을 상실한 것입니다.
이성적 기능을 상실하게 되면 아무리 건강한 사람이더라도
자연도태하고 맙니다.
이것을 자기 테러라고 합니다.

누군가를 위해 뭔가 해줄 수 있는 사람은
자기 자신을 위해서도 뭔가 이루어내야 합니다.
그렇지 않으면 당신이 행하는 행동은
한낱 허세에 지나지 않는 오지랖일 뿐입니다.

씻고 정신차리자

# 흔적

인생을 잘 살다 가는 것도 중요하지만
무언가를 남기고 가는 것도 중요합니다.
이제부터라도 이 세상에 흔적을 만들어 보십시오.
흔적을 만들려는 마음이 생기면
결코 무의미한 삶은 살지 않게 됩니다.

사람이 가진 뛰어난 능력 중에 하나는 열정을 가지고 있다는 것입니다.
지치지 않는 열정을 유지하는 것 또한 능력입니다.
긍정과 능동적인 사고가 열정을 식지 않게 하는 원료입니다.

세상에 흔적을 남긴 사람들은
식지 않는 열정이 있었습니다.

영업사원은 자기의 기동력을 도와주는 자동차에게 고마워합니다.
하지만 정작 고마움을 느껴야만 하는 것은
그걸 다룰 수 있는 자기의 능력이어야 합니다.
이건 자만이 아니라 자부심입니다.

흔적은 자부심의 자국이기도 합니다.

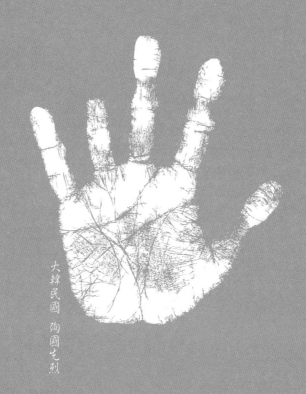

大韓民國
殉國七烈

# 환경

사람을 두고 환경적인 동물이라고도 합니다.
그러나 환경이 나쁘다고 해서
모든 사람이 나쁜 사람이 되는 것은 아닙니다.
한 개인의 품성과 의지에 따라 어려운 환경은 독이 되기도 하고
약이 되기도 하니까요.
사람에게 있어
품성과 의지가 중요한 것이며
삶에 미치는 비중 또한 그만큼 큽니다.
그러한즉

품성과 의지를 견고하게 다지는 것이
학교 성적을 올리는 것보다 더 중요한 일입니다.

# 3

## 슬픔에
## 잠겨 있는
## 그대에게

# 사랑

우리는 인생을 살면서 너무도 많은 것들을 보고 삽니다.
미움, 고통, 때론 찌든 때에 지쳐있는 내 모습도 봅니다.
이런 것들이 싫어 눈을 감을 때도 있습니다.

하지만 이 모든 것을 정화시켜주는 묘약이 있습니다.
그 묘약을 우린 '사랑'이라 부릅니다.
이 묘약은 신묘하게도 하나만 보게 만듭니다.

사랑하는 사람이 사랑하는 사람에게 말했습니다.
"내 눈엔 너만 보여."

사랑이란 말은 이 세상에서 쓰는 언어 중에 굳이 수식어를 붙이지 않아도 될
언어이기도 합니다.
아름다운 사랑, 예쁜 사랑, 불같은 사랑, 슬픈 사랑 등등…
사랑은 하나인데 많은 수식어가 붙어 있습니다.
왜 저렇게 많은 수식어를 붙여야만 할까요?
그건 아마도 사람의 수만큼이나
저마다의 사랑을 가지고 있기 때문이 아닐까요?
그러나
사랑은 저 모든 걸 가지고 있는 하나일 수밖에 없습니다.
왜냐하면, 내 눈엔 당신만 보이니까요.

# 진실

당신이 지금까지 살아오면서 가장 진실했던 적이 언제던가요?
저마다 상황과 경우가 다르니 대답은 모두 다를 것입니다.
그러나 같을 수밖에 없는 상황이 있습니다.
사랑할 때.
'사랑하면 알게 되고, 알면 보이나니 그때 보는 것은 전과 같지 않더라.'
진실은 이렇게 보이고 알게 되는 것입니다.

진실한 사람은 머리로 말하지 않고 가슴으로 말을 합니다.
진실한 사람은 상대의 말에 귀를 기울입니다.
진실한 사람은 눈동자가 흔들리지 않습니다.
진실한 사람의 눈은 뱀의 눈처럼 간교하지 않고 온화합니다.
진실한 사람은 사랑을 할 줄 아는 사람이기 때문에 따사롭습니다.
진실한 사람은 주는 것에서 행복을 느끼고 더 못 줘서 미안해합니다.

당신을 비즈니스의 수단쯤으로 생각하는 사람은
여유롭지 못하고 서두릅니다.
그 사람에게는 오직 목적만이 있을 뿐이니까요.
그런 사람이 있거든 측은하게 생각하십시오.
그는 자기를 위해 사는 사람이 아닌 돈을 위해 사는 사람이니까요.

봐, 난 숨기는 게 없다니까...

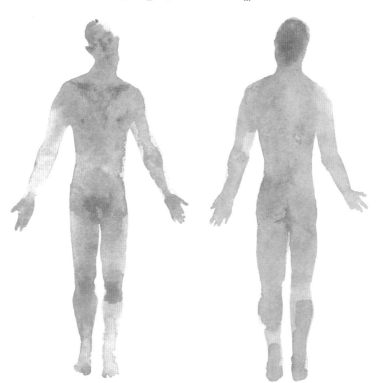

# 웃음의 씨앗

웃음이라는 말을 새삼 떠올려봅니다.
웃음.
웃어요.
'웃'자를 보면 사람 형상과 많이 닮았습니다.
한글로 'ㅇ'은 태양을 상징합니다.
그리고 보면 '웃'자는 사람이 태양을 받치고 있는 모양입니다.
발음대로 읽어보면 '웃음'은 '우슴'이 되고, '웃어요'는 '우서요'가 됩니다.
우슴? 태양이 서다.
우서요? 태양을 세우다.
웃을 때 얼굴에 환한 빛이 들어옵니다.
태양이 얼굴에 피어나서 그렇습니다.

웃음은 참 좋은 것입니다.
사람을 젊어지게도 하고 복도 오게 하니까요.
그런데 억지웃음은 슬프게 합니다.
태양이 뜨지 않아 얼굴을 그늘지게 하니까요.

때론 가식적인 웃음이 사람을 다치게도 하고 어둡게도 만듭니다.
범죄의 처세술로도 쓰입니다.
웃음에는 무장해제를 시키는 마력이 있기 때문입니다.
그런 웃음에 당한 사람들은 웃음을 잃게 됩니다.
그러나 언제나 정의가 이기듯
가식적인 웃음도 판별할 수 있는 방법이 있습니다.

상대가 그대에게 웃음을 보일 때 상대의 입을 보지 말고 눈을 보십시오.
모델을 업으로 하는 사람들의 프로필 사진을 보면 한결같이 웃는 얼굴이지만
사진 속 인물의 입을 가리고 보면 놀랄 만한 사실을 알게 됩니다.
가식적으로 억지웃음을 짓는 사람은 입은 웃고 있지만 눈은 웃지 않습니다.

사람은 언어가 없어도 살아갈 수 있습니다.
그것은 눈이 있기 때문입니다.
눈은 말보다 더 깊은 말을 하기도 합니다.
모든 사람의 눈에는 그 사람의 마음인 생각과 감정이 담겨 있습니다.
그렇기에 자기 마음을 자기가 속일 수 없어서 눈으론 웃을 수가 없는 것입니다.
그래서 눈을 마음의 창이라 부르는 것입니다.

어두운 사람일수록 웃는 연습을 많이 하십시오.
그래야 어두운 마음에 빛이 들어가고 밝아집니다.

뒤셴 미소를 지을 줄 알아야 나 또한 밝아집니다.
웃음의 씨앗은 긍정이란 열매를 맺게도 합니다.

## 좋은 사람

어떤 사람이 좋은 사람이냐고 물었습니다.

좋은 사람은
어떤 사람이 좋은 사람인지 고민하는 사람이
좋은 사람입니다.
바로 당신처럼.

좋은 사람은
나를 더 좋은 사람으로 만들어주는 사람이
좋은 사람입니다.
바로 당신처럼.

# 근시안

시대가 변화하는 속도만큼이나
사람들의 눈도 바뀌어 갑니다.
예전에 비해 안경을 착용한 사람들도 더 많아졌습니다.
그러다 보니 눈에 생기는 질병에 관한 의학도 발전되었고
안경의 기술도 더 좋아졌습니다.
그만큼 장님이 될 확률도 줄어들었습니다.
그러나 옛날에 비해 정작 볼 것을 못 보는 근시안들은 더 많아졌습니다.
정작 소중한 것은 눈에 보이지 않는 것들이 더 많은데
사람들은 눈앞에 보이는 것만을 인정하고 선택합니다.

근시안적인 사고를 지닌 사람들은
성자가 된 청소부에 등장하는 푸울싱그처럼
유리조각을 얻기 위해 다이아몬드를 버리는 실수를 곧잘 합니다.
눈앞에 이익만을 좇기보다는 그 건너에 무엇이 있는지를 보려고 하십시오.
그러다 보면 다이아몬드를 볼 수 있는 안목도 생기게 될 것입니다.

근시안을 가지고 있는 사람들은 성공하지 못합니다.
성공한 사람들의 대부분은 눈앞에 있는 것에 현혹되지 않고
그 너머의 것을 보았습니다.
그들은 메인 요리를 위해 처음에 나오는 요리들을 소식합니다.
그러나 근시안을 지닌 사람들은 처음에 나오는 요리들로 배를 채웁니다.
근시안을 없앨 수 있는 방법은 공부입니다.
지식을 쌓는 공부보다는 지혜를 가질 수 있는 공부를 해야 합니다.
그러다 보면 중요한 것을 볼 줄 아는 안목이 생깁니다.

# 동반자

누구나 외롭습니다.
돈이 많다고 해도 외로움이 없지는 않습니다.
외로움은 돈으로도 어쩔 수 없는 것이기 때문입니다.
권력을 쥐었다고 해도 외로움이 없지는 않습니다.
자기를 지지하는 동지가 없으면 권력 또한 무실해지니까요.

팔과 다리도 두 개, 손과 발도 두 개, 눈도 두 개, 귀도 두 개.
코와 입은 한 개지만, 콧구멍이 두 개라 숨 쉬기를 원활하게 해주며
입 또한 치아와 혀가 있기 때문에 입으로써의 역할을 합니다.

사람은 이 세상에서 어떠한 도움 없이는 혼자 살아갈 수가 없습니다.
지게가 홀로 설 수 없는 것처럼 말입니다.
그렇듯
한 사람의 인간에게 한 사람의 확실한 동반자가 있다면
살아갈 수 있습니다.

# 생각

하루에도 수만 가지의 생각을 합니다.
나이가 한 살 두 살 먹어갈수록 생각은 줄어들지 않고 더 많아집니다.
그만큼 경험도 쌓이고 할 일도 많아지고, 책임져야 할 일들도 불어나고
변천하는 시대에 맞춰 새로운 것들도 접해야 하니까요.

생각이 많을수록 머리가 무거워집니다.
머리가 무거워질수록 삶의 의미마저 잃어가고
살아온 날들의 흔적 또한 퇴색되어 갑니다.
우리 몸은 나날이 시들어 갑니다.
끝내는 삶을 놓아 버리고 싶습니다.
지푸라기와 같은 신세가 되어버렸습니다.

그런데 우리는 생각의 핵심을 놓치며 살고 있습니다.
생각生覺!
살아있는 깨달음이 생각이라는 것을요.

생각이 없다면 깨달음도 없습니다.
생을 살면서 깨달음을 얻지 못한다면
지푸라기처럼 살다 가는 것입니다.
아니, 지푸라기는 새끼줄이라도 만들지만
삶의 의미와 기력을 잃은 사람은 그냥 먼지일 뿐입니다.

부처가 보리수나무 아래에서 해탈을 하게 된 것도
생각을 하였기 때문이 아니던가요?
생각을 하며 살고 있다는 자체가 살아있다는 증거이며
삶의 의미입니다.

# 타협

우리가 숨 쉬고 있는 지금 이 시간에도
세상에는 여러 가지 일들이 벌어집니다.
어떤 곳에선 사람이 죽고
어떤 곳에선 탄생하고
어떤 곳에선 사랑을 하고
또 어떤 곳에선 싸움을 합니다.

저 중에서 인간인 우리가 피할 수 있는 것은 싸움입니다.
그러나 아이러니하게도 영원히 없어지지 않는 것도 싸움일 것입니다.
나 하나 참으면 그만이겠지만, 참는 것에도 한계가 있고
하나의 싸움이 끝나면 또 다른 싸움이 새롭게 시작될 테니까요.

피할 수 없으면 받아들이며 사는 것이 현명할 것입니다.
받아들이되, 싸움에 대한 개념이 한쪽으로 편중되지 않은
인식 전환이 필요합니다.
싸움은 격투만을 의미하는 것이 아니라,
고통이나 시련과 같은 어려움을 극복하고
이겨내려는 의미도 담겨 있습니다.

싸움의 진정한 목적과 의미는 타협에 있습니다.
타협이 안 되니 싸움을 하는 것이 아니겠습니까.
싸움 뒤에 오는 것은 이별입니다.
맞아서 기분 좋은 사람 없고, 져서 기분 좋은 사람 없으며,
잃어서 기분 좋은 사람 없습니다.
비록 승자를 위해 박수는 쳐주고 있지만 속으로는 웁니다.

그건 이미 그 사람에게 마음의 벽이 생겼다는 것이고
벽이 생겼다는 것은 소통의 막힘을 뜻합니다.
그것이 이별입니다.
서로 등지고 안 보는 것만이 이별이 아니라
소통의 부재도 이별인 것입니다.
하지만 싸움은 이별을 하기 위한 행위가 아니라
타협을 하기 위한 행위일 뿐입니다.
타협은 서로 양보를 하기 위해 의논하는 일입니다.
서로 맞추기 위한 과정이 타협인 것입니다.
그렇기에 싸움은 헤어지기 위함이 아니라
서로 맞춰나가는 과정을 위해 필요한 행위인 것입니다.

# 착각

깨달음을 잘못 받았을 때
우리는 착각이라고 부릅니다.
사람들이 제일 많이 하는 착각은
같은 언어를 쓴다고 해서
각자가 품고 있는 감정의 성질과 사고 또한 같다고
생각하는 것입니다.

사람은 아는 것만큼 보이고 자신의 잣대로 사물을 봅니다.
그렇기 때문에 자신이 보는 것이 올바른 것이라고 생각합니다.
그러나
천재 소리를 듣던 아인슈타인도
자신이 내린 결론의 99%는 잘못 판단한 것이라고 했습니다.

모든 사람은 나와 같을 수 없습니다.
다름을 인정하지 않는 한
차가은 영원히 될 것이고 분열은 예정된 수순이 될 것입니다.
하지만 이것을 자각하면
착각으로 인한 오만과 사람과의 관계에서
일어날 수 있는 폐단은 줄일 수 있습니다.

# 경청

말하는 것보다 힘든 게
듣는 것입니다.
무한한 인내도 필요하지만
자기도 모르는 사이에 상대방에게 감정이입이 되어서
듣는 사람을 버겁게도 만들기 때문입니다.

사람에겐 보이지 않는 존재가 있습니다.
그것을 가리켜 '기운'이라고 부릅니다.

이 기운이 상대에게 스미기 때문에 슬픔과 기쁨을
느끼는 것입니다.
상대에게서 나오는 기운을 받는 것은 몸이지만
입에서 나오는 말의 기운을 덜어주고 받는 것이 귀의 역할입니다.
그런 기운을 받아 자기 또한 그 사람의 심정을 느끼게 되면
그것을 공감이라고 부릅니다.

상대가 나의 이야기에 공감해 주었을 때 우리는 고마움을 느낍니다.
이것은 양손에 든 짐을 나눠 들어주는 것과 같은 고마움입니다.

슬픔도 나누고 기쁨도 나눌 수 있는 사람이 있다는 건 행복입니다.
행복하기 위해 사랑을 하는 것이지 불행해지기 위해
사랑을 하는 것은 아닙니다.
그렇기에 사랑의 첫 번째 의무는 상대방에게 귀를 기울이는 일입니다.
그것은 상대의 양손에 들려 있는 짐을 나눠 드는 것이기도 합니다.

## 고통

누구나 등에 짊어지고 사는 고통들이 있습니다.
이 고통들의 무게는 다 다릅니다.
그렇다고 자신이 안고 사는 고통보다 상대의 고통이 덜해 보인다고 해서
별거 아니라고 생각하진 마십시오.
사람은 누구나 상대방이 앓고 있는 고뿔보다
자기 손톱 밑에 박힌 가시가 더 아픈 법이니까요.

신은,
고통을 이겨낼 수 있는 자에게만 시련을 준다고 합니다.
당신이 만약 지금 고통스럽다면
이겨 낼 수 있는 힘도 있다는 것을 믿으십시오.

# 감정

사람이 변한다고 해서 너무 속상해하지는 마십시오.
감정은 움직입니다.
확인하고 나면 반드시 변하니까요.
당신 또한 예외는 아니었을 것입니다.

십 년 전에 A라는 사람을 좋아했습니다.
그런데 지금은 C가 더 좋습니다.
A보다 C가 더 좋아졌기 때문입니다.
그렇듯 그것보다 더 좋아지는 것이 있기 때문에 변하는 것입니다.
그 자체를 인정하십시오.
그래야 편안함도 옵니다.
억울해하지도 마십시오.
그건 당신이 못나서가 아니라
그 사람의 기호가 바뀐 것이니까요.
그건 당신도 마찬가지 아닌가요?

# 믿음

믿음을 소리 내어 읽으면 '미듬'이 됩니다.
미듬은 아름다움美이 들어온다는 의미로 해석할 수도 있습니다.
물론 이 해석은 근거가 있는 말의 기원에 의해서가 아니라,
나만의 의미 부여이고 동기 부여라 할 수 있습니다.

믿음은 이렇게 동기 부여를 하고 의미 부여를 할 때 생겨납니다.
동기 부여를 하면 이 세상에 의미 없는 것은 없습니다.
동기 부여는 우리의 삶에 대단히 중요한 역할을 하는 교량입니다.
의미 있는 삶을 살아가려면 또는 가치 있는 사람으로 만들고 싶다면 자신의
생활과 행동에 동기 부여를 하십시오.
그리하는 버릇을 기른다면 더욱 활력 있는 삶이 될 것입니다.

'그냥 좋다'라는 건 없습니다.
반드시 어떤 원인과 이유에(동기와 의미) 기인하여 그런 감정이 생깁니다.
다만 조건에 대한 대가를 바라지 않는 마음과 그대로의 모습이 좋기 때문에
'그냥'이라는 표현을 쓰는 것입니다.
믿음 또한 원인도 있고 이유도 있습니다.
그러나 사람의 마음은 변화되는 것이기에 믿음 뒤에 실망할 수도 있습니다.

실망을 하면 마음에 통증이 생깁니다.
만약 대상이 사람이라면 그 통증은 상처가 됩니다.
그 원인이 배신에 의한 것이라면
그 통증은 말할 수 없을 만큼의 아픔을 줍니다.
사람이 무서운 것은 배신을 할 줄 알아서입니다.
배신을 당하면, 대부분의 사람들은
'내가 사람을 잘못 봤구나'하는 자책감에 시달립니다.
그러나 그건 잘못 본 것이 아닙니다. 그냥 그 사람이 변했을 뿐입니다.
당신은 그 사람이 변하기 전의 모습을 본 것뿐입니다.
당신 또한 변합니다. 그것을 인정해야 합니다.
그럼에도 불구하고 당신은 당신이 선택한 사람을 믿어야 합니다.
당신이 만약 누군가를 믿고 싶고
누군가를 믿을 만한 사람으로 만들고 싶다면
나 먼저 아무 조건 없이 믿으십시오.
설령 그 사람이 당신을 배신한다고 해도
그 사람을 믿었던 당신이 배신을 한 것이 아니기에
잘못은 당신에게 있는 것이 아니니까요.

# 나의 것

익숙한 것은 나에게 편안함을 줍니다.
부담스럽고 편하지 않다면 그것은 타인의 것이라 그렇습니다.
편안함을 만들려면 익숙해질 수 있도록 해보세요.
그러나 과연 눈에 보이는 것들이 진정 나의 것일까요?
나의 것은 오로지 내 마음에서 비롯된 관념뿐입니다.
마음의 자유의지에 아무런 제약이 따르지 않는 것이 내 것입니다.

가질 수 없는 걸 체념하고 내려놓으면 허한 마음과 함께
아픔과 후회가 밀려오기도 합니다.
그럴 땐 가슴을 토닥이며 이렇게 속삭여 보십시오.
'지금을 돌아보는 먼 훗날을 위해 잘한 거야'라고.

가족이나 자동차, 재산, 권력, 옷 등.
지금 나와 함께 있는 것이 내 것으로 여겨지겠지만
엄밀히 따지면 눈에 보이는 것들은 내 것이 아니라
내 삶에 편의를 주기 위해 일정한 금액을 지불하고 임대한 것일 뿐입니다.
왜냐하면 저것들은 일정 기간이 지나면 내 곁을 떠나가는 것들이기 때문입니다.
내 곁을 떠나가는 것은 내 것이 아닙니다. 내 몸 역시 내 것이 아닙니다.
내가 선택한 것이 아니기 때문입니다.
그렇다고 내 것이 아니기 때문에 소홀히 하라는 것이 아닙니다. 나에게
도움을 주고 있는 것들은 소중한 것들이기에 감사하게 생각해야 합니다.
감사한 마음을 갖는 것은 인간의 도리입니다.

# 오만

만慢이라는 말은, 남태평양 연안 원주민의 언어에서 나왔다고 합니다.
현상 뒤에 감춰진 초자연적인 힘을 '만mana'이라고 한다고 합니다.
만은, 남들보다 자기가 낫다고 생각하는 인간의 본성이기도 합니다.
이 본성이 교육과 여러 가지의 환경적 요인을 통해서
다스려지고 있는 것입니다.
그렇기에 만이라는 것이 나쁜 것만은 아닙니다.
만을 통하여 반면교사가 이루어지기도 하니까요.

그러나 많은 이들은 이것을 다스리지 못하고 삽니다.
우월주의에 빠진 사람들은 교만과 오만으로 남을 짓밟고
우습게 여기며 살고 있으니까요.
자연은 생존을 위한 천적은 있어도 남을 깔보는 교만함은 없습니다.

오만의 밑바닥은 외면입니다.
오만의 끝은 외면입니다.
오만 뒤에는 외면이 옵니다.
이 사실을 알아채는 순간 내가 내 발등을 찍었음도 알게 됩니다.
빨리 알아차릴수록 내 발등에 난 상처 또한 빨리 낫습니다.

성경에서도 사람에게 자만심을 경계하라고 했습니다.
창세기편에 보면,
하느님은 빛과 어둠을 만든 다음 인간을 만물 중에서도
가장 나중에 만들었다고 합니다.
그러한즉, 동물보다 더 늦게 만들어진 인간이 스스로 잘났다고
우쭐댈 이유는 애초에 없었습니다.

# 신과 인간이 다른 점

신은 과거와 미래, 인간의 생각 모든 것을 다 보는 존재입니다.
하지만 사람은 지난 것은 잊어버리고 지금 '이 순간'을 사는 존재입니다.
우리에게 망각이라는 장치가 없었다면
오늘도 괴로움으로 살고 있었을 것입니다.
어쩌면 망각을 모르는 신이 인간보다 더 괴로울지 모릅니다.
그런데 사람들은 자신을 가엽게 여겨달라고
신께 보호하여 달라고 주문을 합니다.
가끔씩은 우리도 신을 위로해 주어야 합니다.

# 만나고 싶은 사람

세상에 내가 존재한다는 것만으로 행복해하는 사람.
또는 내가 그렇게 생각하는 사람.
내가 무슨 짓을 해도 이해해주는 사람.
그 어떤 적개심이 생기게 하지 않는 사람.
나에게 적개심을 품지 않는 사람.

누구나 저런 사람을 원합니다.

하지만 많은 사람들은 저런 존재를 못 만나고 생을 마감합니다.
안타까운 일이라는 생각이 드십니까?
그런 마음이 스미는 당신은 누군가에게
저런 사람이었던 적이 있었던가요?

누군가 나에게 저런 사람이 되어 주길 바라기보다는
내가 누군가에게 저런 사람이 되어 주려 한다면,
어느샌가 내 곁에 그런 사람이 와 있을 것입니다.

# 핸디캡

세상을 살다 보면 예기치 않은 일들이 벌어집니다.
무난하게 살면 좋으련만 얄궂은 세상은 나를 그리 내버려두지 않습니다.
어쩌면 무난하게 사는 것이 애초에 어려운 일이었는지 모릅니다.
그러나 만약 인생이 무난하게만 흘러간다면
사람은 자기의 한계를 모른 채 살아갈지도 모릅니다.
자기에게 오는 핸디캡을 통하여 자신의 능력을 알게 됩니다.
각자 주어진 한계를 아는 것도 지혜입니다.
그를 통하여 자기가 해야 할 일도 파악할 수 있을 테니까요.

누구나 인생을 살다 보면 예기치 못한 위기가(핸디캡) 찾아옵니다.
이 위기를 어떻게 극복하느냐가 중요합니다.
베토벤은 26세 때 청력을 잃었습니다.
만약 그가 청력을 잃지 않았다면 역사에서는 그를 위대한 음악인이 아닌
피아니스트로 기억할 것입니다.

# 투정

간혹 사람들이 당신에게 왜 그렇게 살고 있냐고 물을 때가 있습니다.
그럴 때마다 당신은 당신의 마음을 몰라주는 사람에게 서운함을 느낍니다.
그래서 '난 그렇게 살지 않아!'라고 항변합니다.
그렇지만 상대는 아랑곳하지 않고 무시하며 비아냥댑니다.
그런 모멸감을 받을 때마다 자기 회의도 들고 자존감에 금이 가서 억울하기
도 합니다.
그러나 이것 또한 알고 계십시오.
당신의 마음을 몰라주고 저런 말을 하는 사람은,
그 사람 또한 그리 살고 싶으나 마음대로 안 되어 투정 부리고 있다는 것을.

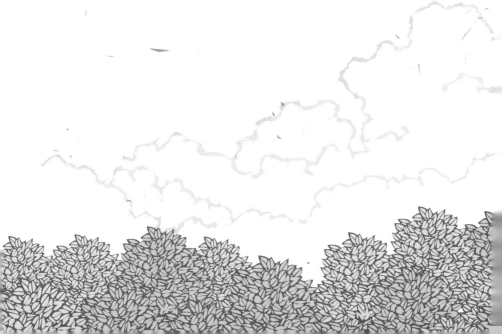

# 비 피할 곳

살다 보면
흐리고 개고, 눈이 오고, 비가 오고, 덥고 춥고
천둥 번개가 칠 때도 옵니다.

먹구름이 몰려오는데 비 피할 곳이 없습니까?
살아가면서 좋아하는 것을 많이 만드세요.
그리하면 먹구름이 몰려와도 비 피할 데가 많이 생깁니다.

봄에 피는 진달래가 졌다고
다음 봄이 올 때까지 슬퍼하는 것은 못난 짓입니다.
슬퍼한다고 해서 철 지난 진달래가 피겠습니까?
현명하고 지혜로운 사람은 여름에 피는 꽃에게서 슬픔을 달래고
여름이 지나면 가을에 피는 단풍꽃으로 아픔을 치유합니다.
그리고 가을이 지나면 눈꽃으로 행복을 만듭니다.


좋아하는 것이 많다는 것은
그만큼 슬퍼할 일이
줄어든다는 것과 같은 말입니다.

얼큰 김치찌개

우울할 땐 맛난 거 먹고
기운차리는 게 최고지

동그랑땡

# 시련

자신이 불행한가요?
모든 새는 딱딱한 각질을 깨고 나오며
모든 식물은 비와 한파로 단련되어 굳어진 땅을 뚫고 나옵니다.
새의 부리는 딱딱한 각질을 깼기에 나무를 쫄 수 있는 것이며
식물은 딱딱한 땅을 뚫고 나왔기에
웬만한 비바람에도 견딜 수 있는 것입니다.
당신에게 만약 시련이 없다면
당신은 오래전에 소멸되고 말았을 것입니다.

당신에게 다가온 오늘의 시련은
당신을 강하게 만들기 위해 찾아온 트레이너이며
훗날 반드시 당신에게 복이 될 것입니다.
"당신은 어떤 사람입니까?"
이런 질문을 자신에게 던져본 적이 있으십니까?

난 용기를 주는 천사~

그런데 우리 너무 닮지 않았니!?

난 시련을 주는 악마지!

자신이 어떤 사람인지 알려주는 두 가지가 있습니다.
칭찬과 시련입니다.
그중 시련은 나를 빨리 자각하게 만드는 전령사이기도 합니다.

# 역경

만약 겨울이 없었다면 봄을 고마워하지 않았을지 모릅니다.
만약 헤어진 사람이 없다면
지금 다가온 사람이 그토록 고맙지는 않았을 것입니다.

그렇듯이 우리에게 시련이나 역경이 없었다면
성공을 해도 그토록 기쁘지 않았을 것입니다.

그러나 이와 같은 기쁨은 아무나 얻게 되는 것이 아닙니다.
역경과 맞서 싸워 이긴 사람만이 누릴 수 있는 특권입니다.
그들은 승리를 했기 때문에 기쁜 것입니다.

기쁨은 인생 속에서 얻게 되는 선물입니다.
신은 인생 속에 이런 선물을 곳곳에 숨겨 뒀습니다.
이 선물은 역경과 고난을 이겨낸 자만이 찾을 수 있습니다.
이 선물은 신이 주는 상입니다.

존밀턴은 이런 말을 했습니다.
"장님이 된다는 것이 비극이 아니다. 장님이 된 상황을 이겨낼 수 없다는 사실이 비극일 뿐이다."

당신의 상황이 지금 바닥이라면
이것도 명심하십시오.
바닥이라면 이제 더는 추락할 일이 없으며,
바닥은 세상의 끝이 아니라 딛고 올라갈 수 있는 시작이라는 것을.
바닥이 끝이 아니라 시작이라는 것을 깨닫게 되면
신이 숨겨둔 선물들을 맛보게 될 것입니다.

# 때가 되면 보이는 것

하늘에 구름이 안 보인다고 해서 사라진 것이 아닙니다.
비가 되었을 뿐이니까요.
진실이라는 것도 그렇습니다.
지금 당장 눈에 안 보인다고 사라진 것은 아닙니다.
언젠가 때가 되면 자연스럽게 보이게 됩니다.
때가 되면 맺는 열매처럼.

당신이 진실로 아는 것을 다른 사람이 부정한다고 성내지 마십시오.
그건 억울해할 일도, 화를 낼 일도 아닙니다.
당신이 옳은 것이라면
그것은 변하지 않을 것이기에
부끄러워할 사람 또한 당신이 아닐 테니까요.

# 가여움

알고 보면 이 세상에서 제일
가여운 게 사람입니다.
당신도 가엽고 나도 가엽습니다.
내가 당신을 미워하고
당신이 나를 미워하고
사람 때문에 맘 아파하고
사람 때문에 화가 나는 이유가 어쩌면
나를 더 이상 가여운 사람으로 만들지 않기 위한 방어일지 모릅니다.
그러나 그럴수록 사람은 더욱더 가여운 존재가 되어갑니다.
가여움에서 자기를 구제하고 싶다면
미움에 감사함이란 동기 부여를 해 보십시오.
미움을 감사함으로 바꿀 수 있을 때,
나는 더 이상 가엽지 않은 사람이 됩니다.
사실은 내 인생에서 나를 가장 힘들게 했던 사람이
가장 많은 것을 깨닫게 만든 사람입니다.
그러니 어찌 감사하지 않을 수 있겠습니까.

이건 사랑의 상처

자고 일어나 보니 그저 좋은 추억이었지 ...

# 호의

원하는 사람에게 호의는 감사가 되고 원하지 않는 사람의 호의는 부담이 됩니다. 그렇기에 호의가 좋은 것만은 아닙니다. 호의를 베풀기 전에 분별심을 먼저 기르는 게 우선일 겁니다.

상대가 원하지 않을 때 주는 보석은 그저 돌멩이일 뿐이며 원하지 않는 헌신은 부담이 될 뿐입니다. 선행도 가능하면 상대가 원할 때 하십시오. 원하지도 않았는데 당신이 선행을 한다면 실례일 수가 있습니다. 중풍환자가 재활치료를 하기 위해 지팡이를 짚고 걷고 있는데 그 모습이 애처로워서 목적지까지 자동차로 태워다주는 것과 같은 분별심 없는 선행은 실례일 수가 있는 것입니다.

선행을 하려면 루소가 밀레에게 했던 것처럼 하십시오. 밀레의 친구 루소는 밀레가 가난하던 시절 아는 사람에게 부탁해 밀레의 그림을 사주었습니다. 선행은 이런 것 이고 이것이 진정한 배려입니다.

내 호의를 몰라준다고 야속해할 필요도 없습니다. 그건 그저 당신의 마음이 편하고 자 한 일입니다. 또한 상대에게 기쁨을 주려고 한 것입니다. 그것이 당신의 가쁨이 아니었던가요? 초심만을 생각하십시오. 호의에는 그 마음만 간직하면 되는 것입니 다. 상대가 감동을 안 하면 어떻습니까? 혹여 상대가 부담을 느끼면 다음부터는 안 하면 되는 것입니다.

상대가 당신의 호의를 알아주길 바란다면 그 순간 순수했던 호의는 비즈니스적 거 래로 변질될 것이고 당신은 호의를 가장한 술로 접대를 하려 했던 영업사원이 되는 것입니다.

# 웃음

우리는 꽃을 보고 웃음을 짓습니다.
웃을 때마다 행복해집니다.
사람의 얼굴에도 꽃이 피어납니다.
그 꽃의 이름이 웃음입니다.
사람의 뇌는 웃는 상을 지어도 그렇게 인식해서
사람 몸에 유익한 호르몬을 분비한다고 합니다.
그것이 행복 바이러스를 만드는 주원료입니다.
이 바이러스는 많으면 많을수록 좋습니다.

반면 사람의 뇌에서는 독도 나옵니다.
이 독 한 방울이면 황소도 너끈히 죽일 수 있다고 합니다.
이런 맹독을 사람은 체내에 쟁여 놓고 삽니다.
그러고 보면 황소보다 더 지독한 것이 사람임에는 틀림없는 듯합니다.
지독도 독입니다.
어쩌면 이 독이 황소를 죽일 만큼 맹독성을 지닌 독보다
더 센 독일 것입니다.
사람을 한 방에 죽이지 못하게 하는 것을 보면 말입니다.
그러나 인간의 몸에 쌓이는 이 독은 사람을 서서히 말려 죽입니다.
이 독이 가진 가장 강력한 특성이 바로 이것입니다.
그 독의 이름이 바로 스트레스입니다.

하지만 인체는 참으로 신비로워서
이 독을 해독할 수 있는 해독제도 분출시킵니다.
그 해독제의 이름은?

# '웃음'이 절로 나오는
# 건강주스 만들기.

맛있는 건강주스 만들기

## 3
딸기 세 알

## 1
바나나 한 개

## 2
신선한 민트 잎 두 장

tasty
&
healthy

# 4

## 토닥여 주고 싶은
## 그대에게

## 위대한 사람이 되고 싶다면

신앙보다도 위대한 것이 있습니다.
그것은 사랑입니다.
사랑은
사회적 지위와 신분을 초월하게 만듭니다.
국가와 가족도 초월합니다.
이념 또한 초월하게 만듭니다.
사랑이 위대한 것이 아니었다면
로미오와 줄리엣도 죽음을 택하지는 않았을 것입니다.

지금 당신이 사랑을 하고 있다면
당신은 위대한 사람입니다.

사랑이란 말과 가장 잘 어울리지 않는 말은 실패입니다.
애초에 사랑에는 성공만 있을 뿐 실패란 존재하지 않습니다.
대상이 무엇이든 나에게 좋아하는 마음이 스미면 그것이 곧 사랑입니다.
사랑했던 그 대상이 싫어질 수도 있습니다.
성취감을 못 얻을 수도 있습니다.
그렇다고 해서 사랑이 실패한 것은 아닙니다.
그건 더 이상 사랑하지 않는다는 것입니다.
그 마음이 영원하지 않다고 해서 실패했다고 하는 건
자기 부정일 뿐입니다.

그럼에도 사람들은 사랑에 실패했다고 말합니다.
사람과 사람이 헤어지는 것은 사랑의 실패가 아니라 이별을 한 것입니다.

간혹 사랑이 안 된다는 사람이 있습니다.
사랑이 안 된다는 말은 좋아하는 그 무엇이 없다는 것인데,
정말 그럴까요?
이 세상에 정말 좋아하는 것이 없을까요?

사랑하는 마음과 좋아하는 마음을 별개의 것이라 생각하지 마십시오.
그 둘은 대상에 따라 의미가 다를 뿐 뿌리는 같은 것입니다.

# 악마

당신은 살아오는 동안 악마를 본 적이 있습니까?
대다수의 사람들이 자신에게 해를 끼친 사람들을 가리켜
악마라고 할 것입니다.
정말 그들이 악마일까요?
그렇다면 당신 또한 누군가에겐 악마였을 겁니다.
당신도 살아오는 동안 다른 사람에게 단 한 번이라도 해를 입히지 않고 살지
는 않았을 테니까요. 하지만 진짜 악마는 당신이 생각하는 것처럼 그렇게 단
순 허술하지 않습니다.
당신이 생각하는 악마는 악마가 아니라 그냥 보통의 삶을 살고 있는 사람일
뿐이며 일상적인 갈등을 겪으며 사는 이웃일 뿐입니다.
진짜 악마는 굉장히 지능적이며 교활합니다.

당신은 악마의 형상을 어떻게 그리고 있습니까?
동화 속에서나 나올 법한 험상궂고 괴기스러운 모습일까요?
악마의 정의는 무엇이며 특성은 무엇일까요?

'양심이 없는 사람'이 악마입니다. 양심을 잃고 사는 사람들이 악마가 뿌려
놓은 악마의 씨앗입니다.
악마는 미안함을 몰라 죄의식이 없습니다.
악마는 사람을 다치게 한 후에 눈물을 흘립니다.
그 눈물은 참회의 눈물이 아니라 다친 그 사람이 불쌍해서 흘리는 동정의 눈
물입니다.
악어의 눈물은 거짓 눈물이지만 이 눈물은 진짜이면서도 무서운 눈물입니다.
악마가 가지고 있는 가장 막강한 무기는 선행입니다.

부도덕한 짓을 해도 절대로 화를 내지 않습니다.

분노할 일에도 절대 화를 내지 않습니다.

그들이 말하는 도와 덕은 삶의 통찰에서 얻어지는 지혜가 아니라, 사람의 자유의지를 방해하는 장애물이라 역설합니다.

악마는 사람의 영혼을 불구로 만듭니다.

악마는 미색 등을 이용하여 사람을 홀립니다.

이 시대에 표면적으로 드러난 악마 중 한 부류가 바로 사이코패스입니다.


선행과 부도덕한 짓에도 화를 내지 않는다는 말이 다소 의아스러울 것입니다. 가치관에 혼란이 올 수도 있습니다. 오히려 그 선행에 관대함을 느낄 것입니다. 그래서 가장 막강한 무기라고 한 것입니다. 이것으로 사람을 순종하게 만들고 악마화 하는 것이니까요.

부도덕한 짓을 한 사람에게 관대함은 오히려 그 사람의 인생을 더 악화시킬 수 있습니다. 용서하는 것만이 그 사람을 위하는 길이 아닙니다. 사람과 상황에 따라 용서라는 것이 길이 되고 독이 되는 것입니다. 인스턴트에 길들여진 요즘 세상에서 용서에 감동을 받아서 개과천선하는 사람이 과연 얼마나 되겠습니까? 그 너그러움에 감읍해서 세상에 은혜를 갚으려 하는 사람이 얼마나 되겠습니까? 열 명 중 두 명 정도는 감동할지도 모릅니다. 그렇다면 나머지 여덟 명은 어찌 될까요? 죄의식이 없는 사람이 되거나 또다시 범죄를 저지르는 범법자가 될 것입니다.


예컨대, 어떤 사람이 무자비하게 살인을 저질렀다고 칩시다.

이런 사람을 아무런 벌 없이 용서해 준다면 이 사람은 자신을 용서해 준 사람에게 더 없는 감사함을 느낄 것입니다. 용서할 권한이 없어도 자신을 이해해 주는 사람에게 더 없이 고마움을 느낄 것입니다. 그리고 그 사람에게 순종적인 사람이 될 것입니다. 반대로 한 번 용서를 받았으니 다음에 같은 일을 저질렀을 때도 별다른 죄의식을 갖지 않게 될지도 모릅니다.

체벌만이 능사는 아니지만 관대함 역시 능사가 아닌 것입니다. 생계형 범죄가 아닌 인면수심의 짓을 했다면 반드시 벌을 받게 해야 합니다. 그것이 순리입니다.

냉정하게 생각해 봅시다.
오늘날 세계는 눈부시게 발전했습니다. 그만큼 살기도 편해졌습니다. 그러나 사람들은 과거보다 더 바쁘게 살아갑니다. 마치 상품을 찍어내는 기계와도 같은 삶을 살아갑니다. 창조성도 소멸되어 가고 있습니다. 더불어 지구는 점점 황폐해졌습니다.
좀도둑은 감옥에 가지만 큰 도둑은 유유자적하며 살고 있습니다.
한 사람을 죽인 살인자는 형장에 이슬로 사라지고 수백 수천을 죽인 사람은 호의호식하며 잘 살고 있습니다.
그들의 특징은 기본적으로 죄의식이 없다는 것입니다. 세월이 흐를수록 이런 사람들이 불어나고 있습니다. 진짜가 아닌 가짜들이 판을 치는 세상입니다. 나날이 사이코패스들이 늘어만 가고 있습니다. 이런 사람들이 아무런 죄의식 없이 나라의 통치권자가 되고 지도자가 되어 국민들을 유린하고 있습니다. 이런 사람들을 어떻게 정상적으로 볼 수 있겠습니까? 적절하게 표현하자면 그들은 악마의 씨앗들입니다.

악마의 도드라진 특징 중 하나는 절대로 화를 내지 않는다는 것입니다.
분노할 때 분노해야 하는데도 분노를 하지 않습니다.
악마는 선을 가장한 악을 행합니다.
이것이 오늘날 지능화된 악마입니다.
악마는 사람들에게 계속 채우기를 강요합니다.

오늘날을 사는 사람들은 덜어내질 못하고 채우려고만 합니다.
비움이 곧 채움이라는 걸 모릅니다.
공간이(틈) 있어야 순환도 되는 것입니다.
그것이 숨통입니다.
움직일 수 없을 정도로 빼곡히 찬 공간에서 숨을 어떻게 쉬겠습니까?
익사 당할 수밖에요.

점점 채우다 보니 이젠 포화 상태에 이르렀습니다.
포화 상태의 끝은 폭발입니다.

인위적으로 채워진 역사는 위험합니다.
이젠 자연의 흐름에 맡겨야 합니다.
그렇지 않으면 그것이 곧 종말입니다.
지구의 종말은 이것이 원인이 될 것입니다.

악마의 최종 목표가 바로 저것입니다.

# 운명

하루에 천 원을 버는 두 사람이 있습니다.
같은 천 원이더라도
천 원 벌어 백 원을 쓰는 사람에겐 많은 돈이고
천 원 벌어 천 원을 쓰는 사람에게는 적은 돈입니다.
전자는 평생 넉넉한 마음으로 살 것이며
후자는 평생 여유 없이 쫓기며 살게 될 것입니다.

이렇듯 잘못된 습관은 운명과 직결됩니다.

운명은 그릇처럼 만들어지는 것입니다.
운명의 재료는 습관입니다.
그러므로
습관이 곧 운명을 결정짓는 요인입니다.
좋은 습관을 들이면 운명 또한 좋아집니다.

좋은 습관은 작은 희생들이 쌓아져서 만들어지는 것입니다.
티끌이 모아져서 태산이 만들어지듯 희생이 결코 손해만은 아닙니다.

영국의 시인 사무엘 존슨 박사는 습관에 대해 이런 말을 했습니다.
"모든 일에 있어 가장 좋은 측면만을 보는 습관은 1년에 1천 파운드의 소득을
얻는 것보다 낫다."
꼭 돈을 모아야 부자가 되는 것은 아닙니다.
불가피하게 불편한 자리에 가게 되더라도 상대의 장점을 찾으려 한다면 그
시간은 결코 헛되지 않게 흘러갈 것이며 존슨 박사의 말처럼 당신의 재산을

불려줄 것입니다.

예로부터 술자리에서 나온 쓸 만한 얘기는 아무리 추려 보았자 조가비 하나가 못 된다고 했습니다. 우리는 이런 자리에 많은 시간을 쏟아 붓고 살고 있습니다.

어제 지갑에서 나간 돈이야
또다시 들어오기도 하는 것이지만
이미 지나간 시간은 다시 돌아오지 않습니다.
성공한 사람들은 결코 시간을
허투루 쓰지 않았습니다.

# 사람으로 인한 괴로움

사람 때문에 괴로우신가요?
혹 당신을 우울하게 만드는 것이 사람이라면,
그 사람 마음이 당신의 마음과 다를 뿐이라고 생각하십시오.
당신이 장미를 좋아하듯 상대는 백합을 좋아할 뿐입니다.
당신이 어떤 꽃을 좋아할 권리가 있듯
상대도 그와 같은 권리가 있습니다.

당연한 것에 대한 부정과 성냄은
갈퀴로 모래를 모으는 것처럼 부질없는 일입니다.
적을 만드는 것은 너무나도 쉽습니다.
상대의 단점을 끄집어내어 비아냥거리면 되니까요.
하지만 친구를 얻는 것은 매우 어려운 일입니다.
하나의 친구를 얻으려면 나를 닦고 갈아서 다듬어야 합니다.
나 먼저 좋은 사람이 되어야 좋은 친구를 얻을 수 있습니다.

## 행복을 얻으려면

행복은 집착하지 않는 마음에서 얻어집니다.
그렇기에 너무 행복해지려고 연연해하지 마십시오.
연연함이 행복을 시나브로 멀게 하는 것입니다.
'범사에 감사하라'는 말처럼
매 순간을 감사하려고 노력해 보십시오.
그것이 숙달되면 행복은 자연스럽게 일상이 됩니다.
언제나 좋은 습관은 사람을 행복으로 인도합니다.

# 사람의 길

간디가 이런 말을 했습니다.
"나는 내 속에 고요한 소리를 듣는다."
이 말은 자기 양심에 복종한다는 말입니다.

내가 나에게 떳떳하고 본능적 이기심을 내려놓으며
타인에게 피해를 주지 않고 사는 삶.
이것이 사람이 궁극적으로 지향하며 살아가야 하는 삶이 아닐까 합니다.

사람은 잘 죽기 위해 살아가야 합니다.
잘 죽기 위해서는 잘 살아야 합니다.
잘 사는 것은 양심에 따라 사는 삶입니다.

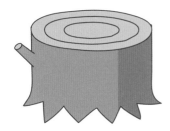

인생은 그렇게 사는 거야!

우리는 죽기 전까지 끊임없이 선택을 해야 합니다.
매번 선택을 잘할 수는 없습니다.
하지만 선택한 것을 후회하지 않을 수는 있습니다.
후회는 반드시 뒤늦게 오고 자신의 선택은
이미 지난 시간 속에 묻힌 것입니다.
그 이후에 우리가 할 일은 잘못된 선택에서 보완점을 찾는 것입니다.
인간의 성장은 이렇게 이루어지는 것입니다.

# 시작과 끝

돌아간다는 것,
거기에 시작이 있기 때문이고
또 다른 것을 만나는 장소가 거기이기 때문입니다.
강물이 하나로 흐른다고 해서 어제 흘렀던 물이 같은 물일 수 없듯
인생도 마찬가지인 것입니다.
돌아간다고 해서 어제 살았던 삶을 다시 살 수는 없습니다.
인생에는 재방송이란 없으니까요.
그러나 시작과 끝은 항시 맞물려 있습니다.
이 말은,
사람으로서 겪어야 할 모든 별리에도
새로운 시작이 맞물려 있음을 내포하고 있습니다.

많은 사람들은 이미 닫혀버린 과거의 문에서 서성거리고 있느라
열린 문을 못 보고 일생을 보냅니다.
그중에 한 사람이 당신이 아니길 바랍니다.

# 부족한 사람

누구나 완벽해지길 바랍니다.
그러나 인간은 완전무결하기가 매우 어렵습니다.
단언하건대,
어떤 분야에 유능한 사람은 있어도
모든 걸 완벽하게 해낼 수 있는 사람은 없습니다.
완전한 사람이 없는 이유는
서로 채워주며 더불어 살아야 하는 것이 사람이 가지고 있는 구조이며
숙명이기 때문입니다.
그렇기에 자신이 부족하다고 해서 부끄러워할 필요는 없습니다.
기계도 부속끼리 서로 맞물려야 돌아가듯 사람 또한 마찬가지입니다.

한국의 종소리 특징은 맥놀이 현상으로 소리를 멀리 보낸다는 것입니다.
진동이 다른 두 개의 소리가 서로 어우러져 멀리 퍼지게 하는 현상을
맥놀이 현상이라고 합니다.
혼자 가면 빨리 갈 수 있지만 둘이 가면 더 멀리 오래갈 수 있는 것처럼
하나보다는 둘이 나은 것이 인간 세상이기도 합니다.

# 나에게 맞는 사람

내가 진정 원하는 사람은,
내가 그를 좋아함에 있어 부담이 아닌
감사함으로 생각하는 사람입니다.

나를 감사하게 생각하는 사람은
살아있음에도 감사하게 됩니다.
고로, 그에게 나는 은인이 되는 것입니다.

서로가 서로에게 은인일 때
우리는 천생연분이라고 부릅니다.

당신도 그렇게 될 수 있습니다.
감사하는 마음을 가진다면.

# 부유한 사람

소크라테스가 이런 말을 했습니다.
'이 세상에서 가장 부유한 사람은 가장 적은 것으로
만족할 줄 아는 사람이다.'

만족을 모르는 사람은, 자기 발전을 위한 채찍질이 아니라
자기 학대를 위한 채찍질로 날마다 자길 괴롭힙니다.
이런 사람은 진정 봐야 할 것을 못 본 채,
평생 내가 만든 욕심의 노예로 살아갈 수밖에 없을 것입니다.

사람은 누구든 이 세상에 온 목적이 있고 맡은 역할이 있습니다.
같은 사람인데도 불구하고,
어떤 사람은 한 기업의 사장이 되고,
또 어떤 사람은 검사가 되었다고 해서
그들이 가지고 있는 재산이나 직위를 부러워할 필요는 없습니다.
사람이 이 세상에 나온 목적은
사회적인 지위를 얻어서 사는 것에 있는 것이 아니라
저마다에게 주어진 숙제를 풀기 위해서입니다.
숙제가 다른데 어찌 그들과 똑같은 삶을 살 수가 있겠습니까?

잘살고 못살고의 척도가 되는 기준은 사회적 부의 가치에 있는 것이 아니라, 인생을
얼마만큼 사유하며, 사유에서 나온 깨달음을 얼마나 얻고 사느냐에 있는 것입니다.
그것이 아니라면 소크라테스나 부처나 예수도 늘 자기 원망과 존재적 불만족에 사
로잡혀 자신들을 학대하거나 덧없는 권력이나 부를 좇아 살았을 것입니다.

그들은 그러지 않았기에
오늘날 성인으로 추앙받고 있는 것입니다.

# 이용하는 자의 실체

다른 사람을 이용하는 사람을 계산적인 사람이라고 합니다.
당한 사람은 억울해합니다.
자신이 바보처럼 느껴지기도 합니다.
그런데 가만히 생각해 보면 그닥 화낼 일도 아닙니다.
이용 당하는 자는 그가 필요로 하는 능력을 가지고 있는 사람이고
이용하려는 자는 그 능력이 없기 때문에 이용하는 것입니다.
우리가 기차를 이용하는 것은 나에게 기차가 없기 때문이 아니던가요?
이렇게 생각해 보면 이용 당하는 자보다 이용하는 자가 더 가여운 사람임을
알 수 있습니다.
이왕에 당한 거라면 비싼 수업료 낸 셈치고,
자신보다 더 불우한 사람에게 적선한 셈치십시오.
측은지심은 이럴 때 쓰라고 있는 것입니다.
오죽하면 그렇게 남을 이용하며 살겠습니까?
그러나 그런 사람에게 적선은 이번이 마지막이어야 합니다.
그들은 인간 시장에서 불량 채권들이니까요.
불량 채권인 것을 알면서 사들인다는 것은 자비가 아니라
무모한 도박과도 같은 것이 아닐까요?

# 자기암시

사람은 자신이 생각하는 모습대로 됩니다.
지금 나의 모습이 비루하고 비참하다면
자신의 생각에서 비롯된 것입니다.
그러므로 내일 다른 삶을 살고자 한다면
자신의 생각을 긍정적으로 바꾸면 됩니다.
긍정적인 마인드로 사는 사람에겐 어느샌가 밝음과 맑음이 생기며
좋은 사람들도 모이게 됩니다.

가난한 사람들의 특징은
긍정이 부족하다는 것입니다.
매사 불평과 불만, 조바심으로 부정적인 삶을 살고 있습니다.
이런 마인드에 길들여진 사람은 평생 잘 살 수가 없습니다.
신세를 한탄할 필요도 없습니다.
그건 자기에게 염치없는 짓입니다.

잘 살고 싶다면
지금 가지고 있는 마음의 자세를 긍정으로 바꾸십시오.
생각이 바뀌면 세상도 바꿀 수 있습니다.
꼭 돈을 벌어야만 잘 사는 것은 아닙니다.
굳이 그렇게 생각한다면 돈을 벌기 위해서라도
당신이 가지고 있는 불평, 불만을 긍정으로 바꾸십시오.

불평 불만은 어지러운 방과 같은 것입니다.
더럽고 눅눅한 방에서 생활하고 있는데

어떻게 당신의 마음에 빛이 들어오겠습니까?
긍정은 어지러운 방을 청소하는 것과 같은 것입니다.
방이 정갈하고 깨끗하다면 사람의 마음과 정신도 정갈하게 됩니다.

그런데 의외로 많은 사람들은 용서와 이해만이
긍정인 것으로 알고 있습니다.
정의롭지 않은 일에는 분노하는 것 또한 긍정입니다.

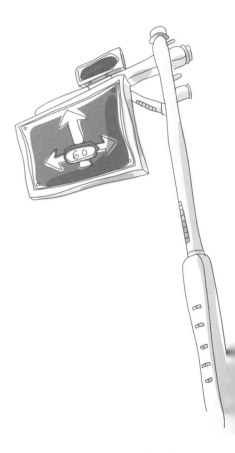

# 물고기

어쩌면 물고기가 인간들보다 더 깨달은 동물일는지 모릅니다.
풍경에 매달린 물고기는 언제나 눈을 뜨고 있습니다.
언제나 깨어있으라는 의미입니다.
그리고 물고기는 대체로 통각이 둔하다고 합니다.
바늘에 걸려도 통증을 못 느낀다고 합니다.
하지만 우리는 매일 수만 번 번뇌하며 그만큼 아파합니다.

가끔씩은 물고기처럼 사는 것도 나쁘지 않을 것 같습니다.

난 A형

# 혈액형별 성격에 대한 오해

혈액형별 성격 판별법은 1932년 일본 교육학자인 후루가와 다케이치가 인종론을 근거로 저술한 《혈액형과 기질》이란 책에서 비롯되었다고 합니다.
후루가와가 죽고 난 후 쇠퇴한 이론을 1970년대 초 일본에서 재정립했습니다.
그러나 이 혈액형별 성격론은 재미로는 논할 수 있지만 의학적인 근거는 없습니다.
혈액형이 그 사람의 기질을 좌우한다면 브라질 보로로 원주민과 페루 인디언들은 모두 100% O형인데, 어떻게 설명해야 할까요?
그들 모두가 다혈질일까요?
오늘도 잘못된 혈액형의 판별법으로 수많은 사람들이
모욕을 당하고 있습니다.
참 안타까운 일입니다.

난 B형

난 O형

# 설움

'가진 것 없는 사람들의 설움은 가진 사람들의 외면에서 생기고
못난 사람들의 설움은 잘난 사람들의 외면에서 생긴다.
혼자 사는 사람들의 설움은 여럿이 사는 사람들의 외면에서 생기고
아픈 사람들의 설움은 건강한 사람들의 외면에서 생긴다.'

설움과 외면은 동기간입니다.
설움을 줄이려면 외면부터 수정해야 할 것입니다.
세상에는 외면 받아야 할 사람들이 따로 있는데
우리는 오히려 그들을 따릅니다.
아이들 세계에서나 어른들 세계에서의 왕따는 외면에서 옵니다.
왕따는 범죄입니다.
한 사람의 인생을 망가뜨리거나 죽음으로 몰고 가는 범죄인 것입니다.
더 비약하면 살인입니다.
왕따에 동참한 사람들은 살인 미수에 일조한 사람들입니다.
다만 패거리 정서에 휘말려 그것이 죄인 줄을 인지하지 못합니다.
'나만 아니면 돼'하는 안전 불감증과
도덕 불감증에 걸려 있기 때문이기도 합니다.

정작 왕따를 시켜야 할 사람들은 따로 있습니다.
도덕 불감증에 걸려 있는 사람들입니다.
사회적인 대형 참사는 도덕 불감증에 걸린 사람들로부터 시작됩니다.
그러나 많은 사람들은 그들에게 비위를 맞추느라 정신이 없습니다.
어찌 보면 사회적인 대형 참사는 우리 모두가 공범일지도 모릅니다.
앞으로는 얼을 챙기며 살아야겠습니다.

생명체를 가진 모든 만물에는 반드시 씨앗이 있습니다.
사람에게도 씨앗이 있습니다.
사람의 씨앗은 정신입니다.

정신이 건강해야
나도 건강해집니다.
그 정신을 '얼'이라고 합니다.
얼빠진 사람으론 살지 마십시오.

# 생각의 반전

아무리 하찮은 것이라도 나에게 소중한 것이라 생각되는 것을 잃게 되면 아깝고 아무리 귀한 것이라도 내가 싫어 버리면 아깝지 않습니다.
가진 것을 잃었다고 슬퍼하는 사람들은 잃었다고 슬퍼하지 말고
내가 싫어 버렸다고 생각하면 어떨까요?
슬퍼한다고 도깨비 방망이가 나타나 당신이 잃어버린 것을 되찾아줄 것은 아니니까요.

잃는다는 것.
사실 무언가 하나를 잃게 되면 반드시 다른 무언가로 채워집니다.
그것이 세상의 이치입니다.
이것은 보려 해야 보이고 찾으려 해야 찾아집니다.

예를 들어,
아끼는 반지를 잃어버렸다면
우리에게 찾아드는 것은 슬픔입니다.
그러나 그 슬픔을 냉정하게 관조해 보면,
슬픔 뒤에 소중함이라는 의미가 나타납니다.
그것이 잃어버린 반지 대신에 찾아온 또 다른 소중함입니다.

# 진정한 행복

누구나 행복해질 권리는 있습니다.
허나 자신의 행복을 위하여 남을 아프게 하면서까지 얻은 행복이라면
그건 행복이 아니라 불행입니다.
왜냐하면 내 행복을 위해 그 사람의 행복을 빼앗은 거니까요.
현명한 사람은 일차적인 욕망이나 욕구 해소가 아닌
더불어 행복할 수 있는 것에 눈을 돌립니다.
모두가 행복해질 수 있다면 자신의 희생 또한 마다하지 않습니다.
사랑하는 사람끼리는 '항복'하고 살면
행복해진다는 것을 알기 때문입니다.


사랑하는 사람끼리는
투닥투닥 싸워도 토닥토닥으로
마무리 하십시오.
앞에서도 말했듯이
사랑하는 사람끼리는 항복하고 살면
행복해집니다.

난 늑대

# 선물

누군가 날 위해 그 무엇을 준다는 것,
살아있음에(존재의 의미와 가치) 감사함을 알려주는 것 중 하나입니다.
그렇다고 받는 거에 너무 길들여지지는 마십시오.
때론 나를 망가지게 하는 화근이 되기도 하고
불편하게 만들기도 하니까요.
그냥, 살아있음을 알려주는 그 마음만을 가슴에 담아두십시오.

주려거든 받으려 하지 말고
받으려거든 주지 마십시오.
그렇지 않으면 그때부터 고통이 찾아옵니다.

자신이 한 선행에 대해서 자랑하지 마십시오.
공치사와 생색은 고마움을 반감 시킵니다.

고마움을 모르는 자에게는 주지 마십시오.
오히려 오만함만 키워주는 꼴이 되는 것입니다.

고마움을 모르는 사람에게도 꼭 주고 싶다면 외면을 주십시오.
그것이 그 사람을 위하는 최고의 선물이니까요.

# 거울

거울은 절대로 먼저 웃지 않습니다.
사람은 상대에게 거울입니다.
내가 웃지 않는데 상대가 웃길 바란다면
과대망상에 걸려 있는 것입니다.
내가 웃으면 상대도 웃습니다.

상대가 웃어줄 때 완전한 웃음이 완성됩니다.
이렇듯

아무리 좋은 호의라도
상대가 받아줄 때 의미가 있게 됩니다.

# 이상이 없는 사람

사람과 가축과의 차이는 이상의 유무에 있습니다.
이상이 있으니 사람인 것입니다.
삶의 본능만으로 살아간다면 가축과 다를 게 무엇이 있겠습니까.
사람이라서 좋은 건, 이상이 있어서가 아니겠습니까.
그것이 사람에게만 주어진 특별한 혜택입니다.

그것을 누리지 못하면서 산다는 건 주어진 일생 동안 가장 억울한 일이 될 것입니다.
이 억울함은 나 혼자만의 것이 아닙니다.
삶의 본능만 남은 사람은 주위 사람들도 작게 만듭니다.
사람은 의도하건 의도하지 않건, 내 옆 사람에게까지 영향을 미칩니다.
그래서 부부가 오래 살면 서로를 닮아가는 것입니다.
그렇기에 사람은 사람한테 중요한 존재인 것입니다.

Growing up
+

# 선입견의 맹점

살아가면서 우리는 많은 과오들을 범합니다.
이런 과오들은 의도에 의해서 만들어지기도 하지만
판단 오류로 벌어지기도 합니다.
그중 하나가 선입견으로 인한 오류입니다.


선입견이라는 것,
개인정보를 모르고 사람을 보면
인간의 선입견이 얼마나 헛된 것인지 알 수 있습니다.


겉모습을 보고 사람을 판단하진 마십시오.
겪어 봐야 알 수 있는 게 사람입니다.


그 사람을 판단하려면 언행을 보십시오.
말에 깊이가 있는 사람은 사유가 깊은 사람입니다.


말을 잘하는 사람은 얼마든지 많습니다.
지식을 습득하여 머리에 저장해 놓고 말하는 것은 누구라도 할 수 있습니다.
그러나 말을 얼마만큼 깊게 하느냐는 관록에서 나옵니다.

제아무리 뛰어난 천재라도 따라잡을 수 없는 것이 관록입니다.
고수가 고수를 알아보는 것은 관록 때문입니다.

사람은 평등하지만 품격은 평등하지 않습니다.
사람이기에 고통과 시련을 마주하는 건 필연입니다.
선인들은
그걸 어떻게 딛고 극복하고 단련하며 소화시키는가에 따라
그 사람됨이 나타나는 거라고 보았습니다.

인격 수준은
학벌, 나이, 지위보다도
도덕 수준과
삶에 대한 사유적 관록으로 매겨집니다.

배반하지 않는 모든 것은 내적인 아름다움을 품고 있습니다.
외형에 현혹되지 마십시오.
글자를 모르는 사람만이 까막눈이 아닙니다.
외형에 현혹되어 진실을 못 보는 것도 까막눈입니다.

# 상처 입은 당신에게

혹 인생을 살면서 누군가 당신에게 상처를 입히거든
이 말을 되새겨 보십시오.
"오죽하면 그랬겠는가."
이 말을 되새김질 하다 보면 사람이 가련하게 보이면서
이해와 용서하는 마음이 생깁니다.

다시 돌아오지 않을 시간을 감정노동으로 헛되이 보내진 마십시오.
그러는 동안에도 우리는 늙어갑니다.

희망을(낙, 꿈, 기대) 잃었을 때 사람은 넋을 놓게 됩니다.
살아가는 동안 우리는 보이지 않는 고개를 수없이 넘어야 합니다.
그 과정이 인생이 아니던가요.
그 과정 속에서 이별은 불가피한 것입니다.
한 고개 한 고개 넘을 때마다 성취감이 오고
그것이 쌓여 성숙과 깨달음을 이룹니다.
**선지자들의 최고의 선견지명은**
**'개똥밭에 굴러도 저승보다 이승이 낫다'는 것을 알게 된 것입니다.**

# 진정한 용서

2차 세계 대전 때 유대인 수용소 소장으로 있던 아몬게트는 수천 명의 유대인들을 학살했습니다. 훗날 아몬게트의 딸은 '내가 과거를 바꿀 수 없다면 미래를 위해 무언가는 해야 한다'는 다짐을 하며 아버지의 잘못을 대신해 유대인 생존자를 만나 용서를 빌었습니다.
참 멋진 딸입니다.

과오는 바꿀 수가 없습니다.
하지만 지난 과오만큼
미래를 위해 무언가 한다면
지난 과오는 더 이상 과오가 아니라
오늘을 위한
자양분이 되는 것입니다.

# 고귀한 삶

생장하는 모든 것들은 저마다의 때가 있고
같은 식물이라도 발아와 개화의 진행이 다 다르듯
사람도 마찬가지입니다.
다름에 너무 슬퍼지진 마십시오.
오랫동안 꽃을 피우지 못하는 행운목이 다른 식물과 다르다 하여
어디 슬퍼하던가요?
천 년의 세월을 지니야 피는 우담바라도 있습니다.
각자에겐 저마다의 시기와 때가 있습니다.
조급해 하지 말고 슬퍼하지 마십시오.
행운목이 슬퍼하지 않는 건 언젠가 때가 되면
피리라는 것을 알기 때문이고
그때를 위해 지속적으로 자신을 키우며 가꿉니다.
당신은 그러했습니까?
반면 대나무는 꽃이 피면 죽습니다.
그렇다고 슬퍼하지 않습니다.
제 할 일을 다 했다는 걸 알기 때문에
마지막을 화려함으로 장식하고 지는 것입니다.
고귀한 삶은 이런 것입니다.

# 감사함

불행하다고 생각하십니까?
그렇다면 두 눈을 막고 삼십 분만 살아보십시오.
볼 수 있고,
걸을 수 있으며,
만질 수 있고,
말할 수 있음이
새삼 감사해질 테니까요.

카네기의 강연 매니저였던 해럴드 애봇은 사업에 실패하자 비관하여
자살을 하려고 했다고 합니다. 그런 그가 어느 날 발이 없이 살아가는 사람을 보고
자신이 너무 부끄러웠다고 합니다. 훗날 해럴드 애봇은 이런 말을 남겼습니다.
"나는 발이 없는 사람을 만나기 전까지는 신발이 없어서 우울해했지."

사람은 자신이 교만했음을 자각했을 때 부끄러움이 옵니다.
그러나 자책하지는 마십시오.
자신을 찾아가는 과정이니까요.

## 미움과 패배

자기가 자기를 미워하는 이유가 내가 내 맘대로 안 되기 때문이듯
남을 미워하는 것도 자기 맘대로 안 되기 때문입니다.
자기도 자기를 마음대로 못하면서 남을 미워한들 무엇하겠습니까?
자기 몸만 축날 뿐입니다.
분노는 하되 미움은 버리십시오.
미움이란, 아름다움美이 운다는 뜻입니다.
아름다움이 운다는 것은 미움을 갖고 사는 내가 안타깝기 때문입니다.

모든 사람들은 승리를 하길 바랍니다.
하지만 그 바람만큼 패배에 대한 중요성을 망각하고 있습니다.
승리를 하면 성취감을 맛볼 수 있지만
패배를 하면 많은 것들을 배울 수 있습니다.
그렇기에 패배란 배움에 대해 치러야 할 지불 대가인 것입니다.

# 5

삶에 지친
그대에게

# 당신

여보와 당신.

여보는
보배와 같이 소중하고 귀중한 사람이란 의미로 쓰이는 호칭입니다.
그리고 당신이란 말은
내 몸과 같다는 의미로 쓰이는 호칭입니다.

그런데 세월이 흐를수록
서로를 보배와 같이 생각하지도 않고
내 몸처럼 생각하지도 않으면서 쓰는 듯합니다.

더 안타까운 것은 이 호칭들이 때로는
상대를 낮잡아서 부르는 말로 쓰이기도 한다는 것입니다.
본래의 의미대로 해석하고 접목시켜 되돌려 보면,
저런 행위는 자기가 자기 몸에 침을 뱉는 아둔한 행위였던 것입니다.

나 역시도 나의 감정을 뒤틀리게 하는 사람들에게
저 호칭을 거리낌 없이 했었습니다.
갑자기 부끄러워집니다.
그리고 한편으로는 무언가에 속은 기분이 들어 분노가 생깁니다.
이런 마음이 스미는 것은, 약속과 진실이 왜곡되었기 때문입니다.
언젠가부터 누군가 순리를 거스르게 하고 진실을 왜곡시켰습니다.
누구의 짓이었을까요?
궁금해하지 마십시오.
그건 이제 와서 중요한 것은 아닙니다.
중요한 것은 이제는 다시 되돌려야 한다는 자기 각성입니다.
진정한 의미를 변질시키는 짓은 이제 그만두었으면 좋겠습니다.
그리고 이렇게 되돌려 놔야 합니다.
부부가 되면 서로를 존중하기 위해 아내가 남편에게 이 호칭을 씁니다.
부모님에게도 당신이란 호칭을 쓰며, 신에게도 당신이란 호칭을 씁니다.
존귀하고 존엄하기 때문입니다.
당신들이 내 몸을 낳았고 내 몸과 같기 때문입니다.
몸 한 군데가 아프다고 해서 잘라낼 수 없듯이
그들이 나의 일부라서 그리 부르는 것입니다.


당신을 사랑합니다.
당신이 '나'이기 때문입니다.

# 불신

우리들의 마음을 괴롭게 만드는 것 중에 하나가 불신입니다.
불신 풍조가 나를 어지럽히고
더 나아가 사회를 어지럽힙니다.

불이 붙어 있는 신발의 이름이 불신입니다.
꽁지에 불이 붙은 살쾡이는 곧장 연못을 찾아가지 않고 이리저리 산을 헤집고
다닙니다.
불신을 신고 있는 사람도 이와 다르지 않아 여기저기 불을 옮겨 놓습니다.
그러니 불신을 신게 되는 사람들이 많아질 수밖에요.
살쾡이는 지능이 낮아 그런다고 하지만
지능이 몇 배나 높은 만물의 영장인 사람이
불신 풍조를 조성한다는 것은 낯부끄러운 일이 아닐까요?

불을 끄는 것을 진화라고 합니다.
진화는 '진정한 마음이 붙어 있는 운동화'입니다.

진화를 하는 사람들의 특징은 머리와 가슴이 가깝습니다.
반대로 불신을 가지고 있는 사람들의 특징은
머리에서 가슴까지의 거리가 멉니다.
머리와 가슴까지의 거리는 가까울수록 소화가 잘 됩니다.

손을 보호하기 위해 착용하는 것을 장갑이라 하면서
발을 보호하기 위해서 착용하는 것은 '신'이라고 합니다.
왜일까요?
말 그대로 우리를 보호하는 것이 신이기 때문입니다.

# 신의

움직임이 없는 것은 서로 다투지 않습니다.
서로 다르다 하여 미워하지도 않습니다.
소나무와 밤나무가 그렇고
장미꽃과 냉이꽃도 그렇습니다.
공생하며 살아야 하는 자연의 섭리를 따르고 있는 것입니다.

서로 미워서 헤어지는 것은 사람뿐입니다.
밀림의 맹수들은
서로의 영역을 지키기 위해서거나
종족 번식이란 미명 아래 암컷을 차지하기 위해 싸웁니다.
그리고 패했을 때 그 영역과 암컷에 미련을 두지 않고 떠납니다.
승자가 미워서 떠나는 것은 아닙니다.
공생하기 위해서 떠나는 것입니다.
어찌 보면 그것이 밀림에서의 비정한 룰이지만
미움이 없기에 억울함도 없고 복수심도 없습니다.
이것이 인간과 다른 점입니다.

사람은 자연에서 안 좋은 것만 답습하려 하지
좋은 것은 답습하려 하지 않습니다.
또한 지능적으로 왜곡하여 응용을 합니다.
예컨대,
암컷을 놓고 수놈들이 싸우는 것은
밀림이나 인간 세상에서나 가장 잔인한 싸움이지만
밀림에서의 싸움엔 앞서 말했듯, 뒤끝이 없습니다.
인간은 복수심으로 언제까지나 그 사람을 미워하고,

기회가 오면 응징하려는 자승자박의 습성을 가지고 있습니다.
복수심과 뉘우침을 주려는 마음가짐은 근본부터 다릅니다.
복수심은 자신 또한 다치게 하지만, 뉘우침을 주려는 마음은 적어도
자기 자신에게는 상처를 주지 않습니다.

사랑하는 사람들끼리의 싸움.
서로 사랑할 때는 더할 나위 없는 천국이지만
헤어질 때는 하늘 아래 가장 잔인한 지옥이 되고
철천지원수가 되기도 합니다.

생에 가장 아름다운 시간은 서로 사랑했던 시간입니다.
비록 서로의 시간을 살기 위해 헤어졌지만
그가 당신을 사랑한 시간까지 부정하지는 마십시오.
당신 인생의 일부분을 차지했던 사람이 아니었던가요.

당신이 사랑하는 사람과 헤어진 것은
당신이 잘못해서도 아니고 그 사람이 잘못해서도 아닙니다.
서로 달랐으므로 맞지 않았을 뿐입니다.

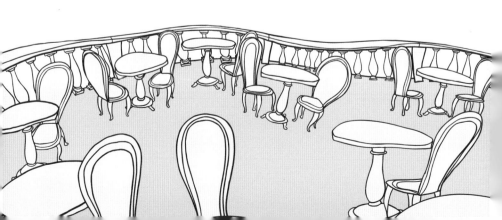

# 착각

사람에게는 소유욕이 있습니다.
맘에 드는 것을 자기가 가졌을 때 만족을 합니다.
그러나 이 소유욕이 사람을 망치게도 합니다.
소유는 자유가 아닌 구속력을 가지고 있습니다.
왜냐하면 행복을 내 마음에서 찾기보다는
소유한 그것에 의존하게 되니까요.
그렇게 되면 진정한 행복을 찾을 수 없게 됩니다.

저기 아름다운 꽃이 있습니다.
많은 사람들은 그 꽃을 가지고 싶어서 꺾습니다.
그러나 꽃을 꺾어야지만 내 것이 되는 것은 아닙니다.
바라보는 것만으로도 내 것이 됩니다. 내 눈에 담을 수 있으니까요.
내 눈에 담았기 때문에 시간이 흘러 실체는 시들어 죽더라도
언제까지나 그 꽃은 내 마음에 기억으로 자리해 있습니다.
20대에 만난 예쁜 아가씨와 헤어져 지금까지 만나지 못하고 살고 있지만
20년이 흐른 지금, 문득 그 아가씨를 떠올릴 때 내 기억에 남아있는 건 40대의
중년 여성이 아닌 20대 꽃다운 나이의 아가씨인 것처럼.

## 용기

진정한 용기는 두려움을 모르는 것이 아닙니다.
어느 정도의 두려움이 있어야 긴장감도 형성됩니다.
긴장감이 없으면 때론 무모한 함정에서 빠져 나오지 못할지도 모릅니다.

권력에 욕심이 많은 사람은 두려움을 모릅니다.
그 욕심이 두려움을 마비시켰기 때문입니다.
그렇기 때문에 수천 수만 명의 사람들을 죽여도
아무런 죄책감을 갖지 못하는 것입니다.

진정한 용기는 두려움을 느끼지만
내가 옳다고 믿고 하는 것입니다.

# 정지

빨리빨리 문화가 자리한 지 오래입니다.
먹는 것조차도 빨리 먹으라 부추깁니다.
3분 요리 같은 인스턴트 식품이 시중에 판을 칩니다.

산을 급히 오르면 정작 주위 풍경을 못 봅니다.
산을 좋아하는 사람들은 정상에 오르기 위해 산에 가는 것이 아니라
산이 좋아서 산에 가는 것입니다.
인생은 산과 비슷합니다.
산도 천천히 음미하면서 오르는 것에 진정한 의미가 있듯이
성공이라는 정상에 오르기 위해 전력 질주해서 사는 것보다는 쉬엄쉬엄 가더
라도 인생을 음미하며 갈 때 더 안락한 삶을 줍니다.

성공만을 바라보며 사는 사람들은 오로지 직진만을 고집합니다.
그들은 앞만 보고 살려고 합니다.
그러나 사람은 애초부터 앞만 보며 살 수 없는 존재들입니다.
비록 뒤에 눈이 달려 있지는 않지만 고개를 움직이면 좌우 위아래를 볼 수 있
으며 몸을 돌리면 뒤에도 볼 수 있는 것이 사람입니다.
사람의 인체 구조는 그렇게 살라고 설계된 것입니다.
경주마 같은 삶은 외롭습니다.

한 치 앞도 모르는 게 사람의 인생이듯
한 치 앞에 꽃길이 나타날 수도 있고
낭떠러지가 나타날 수도 있습니다.
이렇게 사람은 멈춰야 할 때가 옵니다.

주위를 봐야 할 일도 반드시 생깁니다.
처음부터 끝까지 직진만으로 된 길은 이 세상에 없습니다.

멈춰야 할 때는 멈춰야 합니다.
그렇지 않으면 갑작스럽게 나타난 벼랑에서 떨어질지도 모르니까요.

# 너에게 들려주고 싶은 말

"숙취 해소엔 감이 좋대.
비티민 C가 사과보다 17.5배 많고 비타민A 역시 사과나 배보다 많대.
눈에도 좋고 펙틴과 식이섬유가 많아 동맥경화와 같은 심장질환 예방 효과도 있대.
그리고 다이어트나 건강유지, 질병예방 효능이 있는 과일이래."

"또 술 먹었어? 위에 구멍이 나고 간이 썩어 봐야 정신을 차릴 거야? 누굴 고생시키려
고 그래? 우리 이혼해. 이것이 내가 당신한테 할 수 있는 예방이고 날 보호할 수 있는
최선이야."

당신은 사랑하는 사람에게 어떤 말을 듣고 싶으신가요?
아마도 첫 번째 이야기일 것입니다.
상대도 마찬가지입니다.

사람에게 해를 주는 피로 독소들의 대부분은 육체노동에서도 오지만
감정적인 요인에서도 생깁니다.
감정적인 요인 중에서도 마음을 괴롭히는 감정 때문에 생깁니다.
이것은 실험을 통해서 검증된 사실입니다.

정신적인 일을 하는 사무원들은 육체노동을 안 하는데도 피곤으로 지쳐있습니다.

왜일까요? 과중한 업무 때문일까요?

사람은 과로를 해도 죽지 않습니다. 과로사의 원인은 감정적인 요인 때문입니다.

만약 순수 정신적인 요인들 때문이었다면 연구원들은 모두 단명을 해야 맞습니다.

감정적인 요인 중에서도 불평과 불만 그리고 압박감과 조급증, 긴장, 권태로움 등이 피로 독소를 만드는 주요 원인입니다.

직업군별 수명을 조사한 통계자료에 의하면, 기자가 수명이 제일 짧다고 합니다. 매일같이 마감에 쫓겨 사는 직업이기 때문에 긴장과 조급증은 그 누구보다도 많이 가지고 살 수밖에 없습니다. 반대로 장수하는 직업은 성직자라고 합니다. 성직자들은 그다지 심리적 억압을 받지 않고 기도의 힘으로 감정을 다스릴 수 있어서 그렇습니다.

사람은 기쁜 일이 있을 때 에너지가 생깁니다. 아무리 피곤에 지쳐 있어도 자신이 즐겁게 할 수 있는 일이 생기거나 즐거운 일이 생기면 금세 피곤이 가시는 것을 경험해 보았을 것입니다.

풀이 죽은 아이에게 케이크를 주면 언제 그랬냐는 듯 밝아지는 것도 많이 봤을 것입니다.

그렇다면 피곤을 물리칠 수 있는 해답은 한 가지뿐입니다.

즐겁게 사십시오.

지금 하고 있는 일이 지루해도 그만둘 수 없는 것이라면 재미를 찾도록 노력하십시오.

그것조차도 짜증나는 일이라면 지금 당장 당신의 얼굴을 거울에 비춰보십시오.

거울 속에 웬 주름지고 파리해진 사람이 서 있을 테니까요.

# 다른 점

같은 생김새를 가진 사람이더라도
사람이 다른 것은
쓰임의 용도가 달라 다를 뿐이고 입장과 상황이 달라 다를 뿐입니다.
그릇의 크기가 다르다고 해서
그 사람을 폄하하는 것은 부끄러운 일입니다.
종지는 종지 나름의 쓰임이 있고
접시는 접시 나름의 쓰임이 있습니다.
그렇기에 우리는 서로 다름을 인정해야 합니다.

이 세상에 나와 똑같은 존재는 단 한 명도 없습니다.
앞으로도 영원히 없을 것입니다.
왜냐하면 나와 똑같은 존재가 세상에 태어나려면 염색체를 쪼개고 쪼개서 나올 수 있는 확률이 300조 분의 1이기 때문입니다. 거의 불가능한 일입니다. 비슷할 순 있지만 절대로 똑같을 수는 없는 것입니다.

그래도 300조 분의 1의 확률이니 1의 확률은 있지 않냐구요?
유감스럽게도 우리의 부모들은 천년만년 살 수 있는 불사조가 아닙니다.

300조 분의 1의 확률로 태어나는 사람이 없는 한,
나는 자기만의 독창성은 가지고 있는 것입니다.
그 누구도 나일 순 없고, 나 또한 그 사람이 될 수는 없습니다.
그런 존재들인데 상대를 시기해서 무얼 할 거며
질투를 해서 무얼 할 겁니까?
상대가 축구를 잘하는 것은 그 사람이 가지고 있는 독창성입니다. 반대로 내가 비록 축구는 못하지만 노래를 잘 부르는 사람이라면 그건 내가 가지고 있는 독창성입니다.

이렇게 다른 걸 가지고 있는데 질투를 해서 무엇하겠습니까.

시간 낭비고 감정노동일 뿐입니다.

에머슨이 이런 말을 했습니다.

'모든 사람은 교육을 통해서 질투는 무지의 소치임을 안다'고.

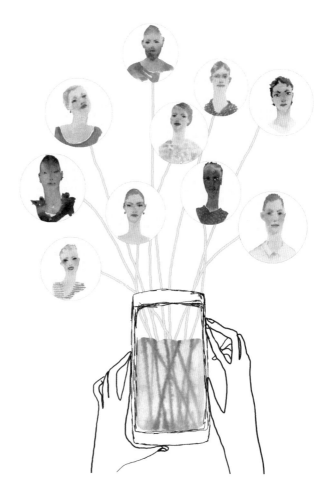

사랑하는 이를 위해 내가 할 수 있는 최고의 일은
그 사람에게 배경이 되어 주는 일입니다.
배경이 되어 주려는 마음으로 그 사람을 대한다면
이상적인 사이가 될 것입니다.

그렇지만
그 사람에게 배경이 되어 주기엔 내 능력이 너무도 부족합니다.
그래서 항상 속으로 이 말을 합니다.
'사랑합니다. 다만 당신에게 든든한 배경이 되어 주고 있지 못함이
미안할 뿐입니다.'

저런 말을 하는 사람은 진정으로 그 사람을 사랑하고 있는 사람입니다.
사랑을 하면 항상 미안함이 동반되니까요.
사랑에는 한 가지 방법밖에 없습니다.
오로지 사랑하는 사람을 행복하게 만드는 것.

오늘도 그 사람을 행복하게 만들어주기 위한 생각을 하지만
늘 부족한 것 같아 미안해하는 당신은 진정한 사람입니다.

# 위대한 말

사랑합니다.
커지고 커져서 내 영혼을 아름답게 해주는 말, 사랑합니다.
그렇기에 다시 불러보고 싶은 그 말,
사랑합니다.


'사랑합니다.'
저 말보다 위대한 말이 또 있을까요?
저 말은 죽어가는 식물도 살리고 사람도 살리는 말입니다.
살아있는 모든 것들에게 생명을 주는 말이기도 합니다.


에모토 마사루가 실험한 것처럼 물에게 사랑한다는 말을 하면
결정체 또한 화려하게 바뀝니다.
그뿐인가요?
매일같이 사랑한다는 말을 해주었던 화초에는 화사한 꽃이 피어나고
그 반대의 말을 해주었던 화초는 시들어 버렸습니다.
사람도 이와 별반 다르지 않습니다.
사랑을 받고 사는 사람들은 언제나 화사한 얼굴로 다니니까요.

# 짝

이 세상에서 완전함을 대신할 수 있는 말은 무엇일까요?
그것은 어쩌면 '짝'이라는 말이 아닐까요?
젓가락은 불완전한 하나가 둘이 되면서 완전함을 이루고
신발도 하나에서 둘이 만나서 한 켤레가 되듯
짝이라는 말은 불완전함을 완전함으로 만드는 말입니다.
이런 이치로 보자면, 사람 또한 혼자일 때보다는 둘일 때 온전한 하나가 되는
것입니다.

결혼할 때 궁합이라는 것을 봅니다.
궁합은 사주로 보는 것인데, 이 세상에 좋은 사주는 있어도
완벽한 사주는 단 한 사람도 없습니다.
사주가 완벽하게 되려면 사주(년, 월, 일, 시)에 오는 오행(목화토금수)이 여덟자
(팔자)가 아닌 열 개의 글자가 되어야 합니다. 하지만 모든 사람은 오행 중 최소
한 두 자가 모자랍니다. 이 모자란 두 자를 찾기 위해 사는 것이 인생입니다. 그
것을 채워주고 덜어주기 위해서 보는 것이 남녀 간의 궁합이고, 채워주고 덜어
주며 사는 것이 부부입니다. 이것을 우린 배필이라고 하며 짝이라고 부릅니다.

부부금슬의 상징인 비목어는
눈이 하나라서
반드시 암컷과 수컷이 짝을 이루어야만 헤엄을 칠 수 있고
눈이 한쪽으로 몰려있어서
서로 못 보는 부분을 도와주며 산다고 합니다.
너와 나도 이렇게 살았으면 좋겠습니다.

# 쓸모없는 마음 (이기심의 모순)


사람의 몸에는 그다지 쓸모없는 장기가 있습니다.

맹장이 그런 장기라고 합니다.

물론 맹장이 하는 역할은 분명 있을 것입니다.

필요 없는 것이라면 우리 몸에 있을 리가 만무하니까요.

맹장은 대장과 이어진 장기로서

장염으로 인해 유해균이 없어져 버리면

이 맹장에서 유해균을 보유하고 있다가 대장으로 보내는 역할을 한다는 말이 있습니다.

이 말이 의학적으로 증명된 사실인지 아닌지는 모릅니다.

하지만 의학이 발달하면서 이 장기의 역할이 줄어든 것만은 사실이 아닐까 합니다.


그리고 개인적인 생각이지만 이 맹장은 빈부의 격차에 따라 역할기능면으로 필요가치가 달라지는 장기라고 생각합니다.

잘사는 나라일수록 장에 탈이 날 확률이 줄어들 테니까요.


이렇게 사람의 몸에 그다지 필요하지 않는 장기가 있듯

사람의 마음에도 그다지 필요하지 않은 마음이 있습니다.

그것이 이기심입니다.

하지만 맹장은 탈이 생기면 수술로 제거할 수 있지만

이기심에 탈이 생기면 제거하기가 매우 어렵습니다.

절제하지 않는 한 욕심과 앙심을 끊임없이 만들어내기 때문입니다.

그러나 이기심의 본질이 꼭 나쁜 것이라고 단정 지을 수는 없습니다.

즉, 앞서 말한 '그다지 필요하지 않은 마음'이란 말은 잘못된 말입니다.

이기심은 누구나 가지고 있습니다.
인간의 마음 맨 아래에 있는 본능이기도 하니까요.

다만 그것이 선의냐 악의냐에 따라 좋다 나쁘다가 결정되는 것이 아니던가요?
잘못 쓰면 욕심이고 무질서해지며 피해를 주는 역할을 하지만, 잘 쓰면 베풂이
고 배려이며 선의가 됩니다. 이런 좋은 모습도 결국 나를 위한 일이므로(내 마
음이 편하고자 하는) 그 또한 이기심입니다.
그렇기에 이기심 자체가 나쁘다고 하는 것은 모순인 것입니다. 악의적인 사리
사욕이 나쁠 뿐입니다.

# 내가 희망

우리는 살아가면서 수많은 사람들과 만나고 헤어집니다.
어떤 사람은 나에게 도움을 주고
어떤 사람은 나에게 해를 줍니다.

이조백자도
어떤 사람을 만나느냐에 따라
우산꽂이가 될 수 있고
세상을 빛낼 보물이 되기도 하듯
사람 또한
어떤 사람을 만나느냐에 따라
인생이란 무대가 비극이 되기도 하고
행복이 되기도 합니다.

사람에겐 사람이 희망입니다.
배경이 되어 주려 한다면
누구나 희망이 될 수 있습니다.


하지만
배경이 되어 주려 하지 않고
배경이 되어 주길 바란다면
그때부터 그 사람은 자기가 만든 지옥에서 살게 될 것입니다.

배우자(상대)가 설령 나보다 가진 게 많거나
학벌이나 사회적 위치가 높다고 해도
위축되지는 마십시오. 중요한 것은 그것이 아닙니다.
중요한 사실은 그런 배우자가 당신을 선택했다는 것입니다.
그 사람에겐 당신이 최고인 것입니다. 자부심을 가져도 됩니다.

진정한 배경은
물질의 풍족함과 세속적인 스펙이 아니라
진정한 응원과 배경이 되어 주려는 마음입니다.

반면 월급이 당신보다 많은 배우자에게 시기심이 생기거나
자존심이 상하다면 그건 나에게도 부끄러움이지만
상대를 부끄럽게 만드는 어리석음이기도 합니다.

# 버려야 할 바람

밖에서 부는 바람은 낙엽이라도 쓸어주지만
이 바람은 내 안에 괴로움을 쌓이게 합니다.

우리는 산을 좋아하고 바다를 좋아하며
꽃을 좋아합니다.

그러나
산과 바다와 꽃은 자기를 좋아해 달라고 하지 않았습니다.
그런데도 우리는 산과 바다와 꽃을 미워하지 않습니다.

우리는 오로지 인간만을 미워합니다.

왜일까요?
거기엔 그 사람을 자기에게 맞추려는
바라는 마음이 있기 때문입니다.

## 천 국

'믿는 자에게 복이 있나니, 천국이 너희의 것이니라.'
이 말은 종교에서만 통용되는 복음이 아니라,
인간사에 현존하고 있는 진실입니다.
우리에게 존재하는 것은 과거도 아니고 미래도 아닌 '지금'입니다.
살아있음에 지금을 감사함으로 믿는 사람에겐 천국이고,
그 반대인 사람에겐 지금이 지옥입니다.
인간, 기껏 백 년 내외밖에 못 삽니다.
이왕이면 천국에서 살다 가십시오.
당신이 우왕좌왕하는 지금 이 순간에도 당신은 늙어갑니다.
시간은 절대로 우왕좌왕하지 않고 일정하게 흘러갑니다.
또한 시간은 모든 이들에게 평등합니다.
이 세상 모든 이들에게 빈부의 차이 없이,
남녀노소 구분 없이 24시간이 주어지니까요.
다만 어떤 이들은 천국을 만들기 위해 쓰고
어떤 이는 지옥을 건설하는 데 쓰고 있을 뿐입니다.

# 강한 사람

나를 강한 사람으로 만드는 것은
일에 대한 성취가 아니라 그것을 향한 노력입니다.
노력한다는 것은 능동적입니다.
능동적인 사람은 항상 진화합니다.

힘이 세다고 해서 강한 사람이 아닙니다.
오히려 부드러운 것이 강함을 이깁니다.
댓돌을 뚫는 낙숫물이 그렇고
아름드리나무를 부러뜨리는 바람도 버드나무 가지는 부러뜨리지 못합니다.

그렇다면 진정으로 강한 사람은
어떤 사람이겠습니까?
능동적으로 진화하면서도
부드러움을 잃지 않는 사람이 강한 사람입니다.

# 희망이 존재하는 이유

희망이 존재하는 이유는 절망이 있기 때문입니다.
절망에 빠져 희망을 무용지물로 만들지는 마십시오.
그것만큼 어리석은 삶도 없습니다.

어리석다.
이 말을 돌로 비유해 보면
어린 돌이 아닐까요? 어린 돌멩이, 어리석.
돌은 굳어 있는 피조물입니다.
자라나지 않습니다.
어리석음이란 이런 것입니다.
굳어 있어 자라나지 못하는 것.

꿈은 희망이며, 희망은 사람을 생존시키는 에너지입니다.
희망을 꿈꾸지 못하는 사람은 굳어 있을 수밖에 없습니다.
어리석게도 말입니다.

세상의 수많은 악마가 원하는 것이 바로 이것입니다.
우리가 어리석음으로 살게 되는 것.
악마에게 나를 내어주는 일은 멈추어야 합니다.

# 억지 용서

살다 보면 이해는 해도 용서 못할 것들이 있습니다.
그런 것이 있다면 용서하지 마십시오.
억지 용서는 자기가 자기를 속이려는 가식적인 행위이므로
나에게 더한 불편함을 줄 뿐입니다.

용서가 안 된다면 복수를 하십시오.
단, 복수는 또 다른 복수를 불러온다는 것도 명심하시고 행하십시오.
아무리 나에게 잘못을 했더라도 뺨을 맞으면
기분이 나빠지는 건 당연한 일이니까요.

용서가 안 되는 사람에게 가장 현명한 복수는
이방인으로 생각하는 것입니다.
이방인한테까지 자기 시간을 써가면서 감정노동을 할 필요가 있을까요?
그 시간 동안 옆에 있는 사람에게 마음을 더 쏟는다면
당신은 기쁨을 얻게 될 것입니다.
그러나 엄밀히 보면 그런 기쁨을 받을 수 있게
단초를 제공한 사람은 이방인입니다.
그것을 아는 순간 이방인에 대한 미움도 사라집니다.

# 반려자

반려자의 기준은, 자기가 만든 이상형에 의거합니다.
그러나 자기와 꼭 맞는 사람이 있던가요?

**프랑스 소설가 앙드레 모루아가 이런 말을 했습니다.**
**'결혼의 성공은 적당한 짝을 찾기에 있기보다는 적당한 짝이 되는 데 있다.'**

누군가 나에게 그런 사람이 되어 주길 바라기보다는
내가 그 사람에게 그런 사람이 되어 주고자 한다면,
그런 짝을 못 만날까 봐 노심초사할 만큼 크게 아쉬워할 일도 아닙니다.

이 세상에 자기와 같은 사람은
단 한 사람도 없습니다.
나와 같은 사람을 찾기보다는
상대에게 맞춰주려고 노력하는 것이
훨씬 빠를 것입니다.

# 유머

유머는 인간이 가지고 있는 능력 중에 가장 위대한 능력이라고 합니다.

유머는 삭막한 것을 풀어주는 힘이 있습니다.
유머에는 고통을 잊게 해주는 진통제가 들어있습니다.
치유력 또한 좋아 건강하게도 만들어줍니다.
진시황이 불로장생을 하기 위해
불로초를 찾아 중국 대륙을 헤맸지만 끝내는 찾지 못했습니다.
바로 옆에 있는데도 애먼 곳에서 찾아 헤맸던 것입니다.
등잔 밑이 어둡다는 말을 어쩌면 진시황이 제일 먼저 들었을지도 모릅니다.
유머는 사람을 웃게 만들어 젊어지게 만듭니다.
다른 게 불로초가 아닙니다.
유머가 바로 회춘하게 만드는 불로초입니다.

# 참 불쌍한 사람

"세상에서 가장 불쌍한 사람은
양심을 잃어버린 사람입니다.
자기 잘못을 자각하지 못하는 사람.
이보다 더 불쌍한 사람은
알면서 행하는 사람입니다."

도덕적 양심이 없다는 것은
인간으로서 꼭 가지고 있어야 할 것이 없다는 것입니다.

저 말이 비록 고지식하고 고리타분한 도덕 선생이나 잔소리를 해대는 어른들
의 말처럼 들릴지도 모르지만 엄밀히 따지면 순리를 말하는 것이고 이치를 말
하는 것입니다.
인간이 아무리 위대한 존재라고 하지만 순리를 막을 수는 없습니다.
부는 바람을 어찌 막을 것이며 오는 비를 어찌 막을 수 있겠습니까.

도덕경에 보면 노자가 말한 무위자연이란 말이 있습니다.
무위는 마음을 비우라는 말이 아니라 양심에 따라 흘러가라는 말입니다.
예수나 부처나 소크라테스 같은 성인들도 양심에 따라 살았기 때문에 성인 반
열에 오른 것입니다.

사람은 말을 알아듣기 시작하면서 양심을 갖게 됩니다. 그리고 이성보다 감정
적 성향이 짙어질 때부터 이기적으로 변모하였다가 가치관이 형성되면서 합
리적인 사고를 지니게 됩니다. 그리고 이 과정을 신중하게 거치면 예전보다 더
깊은 양심을 갖게 됩니다.

이런 과정이 인간 성숙 과정에서 보여지는 보편적인 수순입니다.

유년시기에 갖게 되는 양심과 훗날 갖게 되는 양심에는 차이가 있습니다.

유년기 때 얻게 되는 양심은 외부의 영향에 의해서 형성되는 마음이고 옳고 그름을 판단할 수 있는 기준에 의해서라면, 훗날 얻게 되는 양심은 인생을 사유하고 사숙하면서 터득하게 되는 자연의 이치입니다.

누구나 도둑질은 나쁜 짓인 줄을 압니다.

남의 물건을 훔치고 피해를 입혔기 때문에 나쁜 것입니다.

그러나 이런 관념은 자연의 이치에 의해서라기보다는 외부의 영향과 물리적인 주입에 의해 형성된 잣대일 뿐입니다. 그런 맥락에서 보건대, 한두 번 도둑질을 하게 되면 담도 커지고 면역력과 내성이 생겨서 나중엔 그다지 양심에 가책을 느끼지 않게 됩니다. 양심이 무뎌진 것이고 끝내 소멸될 것입니다. 이런 답습을 했기에 오늘날 양심이 없이 살아가는 사람들이 많아진 것입니다.


거짓말은 나쁜 것, 도둑질은 나쁜 것, 간통도 나쁜 것.

양심이 없는 사람들을 가리켜 나쁜 사람이라고 하는 것은 '나뿐이 모르는 사람'이기 때문에 나쁜 것이라고 하는 것입니다. 즉, 합리적인 이기심이 아닌 저속한 이기심에서 성장이 멈춘 사람들을 가리키는 말입니다.

그런 사람들이 지구의 허파인 아마존 밀림을 파괴하고 오존층을 파괴시켰기에 열대야가 생기고 빙하가 녹기 시작한 것입니다.

빙하가 녹기 시작한다는 것은 예삿일이 아닙니다.

그건 지구의 균형이 깨지고 있다는 의미입니다. 기온이 올라간다고 무슨 내수냐고 할지도 모릅니다. 정말 대수롭지 않은 일일까요? 여름에 피는 꽃이 봄에 피고 여름이 점점 길어지는데도 대수롭지 않은 일일까요? 모든 작물이 생장하는 데는 생육에 필요한 적정 온도가 있습니다. 기온이 올라간다는 것은 생태계가 변형되고 있다는 의미고 적응을 할 수 없는 작물의 죽음을 의미하는 것입니다. 사람들이 고열에 시달리면 죽는 것과 마찬가지입니다. 아프리카 사람들이 왜 기아에 시달릴까요? 국제 분쟁이나 자본주의자들의 이권 문제도 있지만 환경적인 요인이 그 근본적인 원인입니다.

작물의 생육 균형이 깨진다는 것.

그건 곧 먹을거리가 없어진다는 의미입니다.

즉, 인간을 비롯한 생태계의 생명과 직결된 문제이고 이렇게 된 원인은 양심에 기인한 것입니다. 자연 흐름을 역행하였기에 벌어지는 일인 것입니다.

너무 확대 해석이라고요?

그렇다면 가정으로 축소해 보십시다.

집안 사람 누군가 도둑질을 했다고 합시다.

도둑질을 해서 법의 심판을 받는다면 그 당사자야 '옥살이를 하고 나오면 그만이지' 하는 생각도 없지 않아 있을 것입니다.

과연 그럴까요?

아버지가 도둑질을 하면 간접적으로 자식과 식구들도 그 여파를(기운) 받습니다. 자식은 도둑놈의 자식이 되는 거고 가속은 도둑놈을 둔 집안이 되는 것입니다. 그 기운은 직·간접적으로 주변인들에게로 스며들어 수치심을 갖게 만듭니다. 그 수치심은 자신을 갉아 먹는 벌레로 변합니다. 당당하게 살아갈 수가 없게 만들기도 합니다.

반대로 운이 좋아 법망을 피했다고 칩시다.

그러나 피해를 입은 상대는 그때부터 사람에 대한 신뢰가 사라집니다. 신뢰가 사라지면 사람을 경계하게 되고 인색한 사람으로 바뀝니다. 인색하다는 말은 넉넉하지 못하고 박하다는 의미입니다. 박한 사람에겐 사랑이라는 것이 들어오질 못합니다. 사람에게 당했는데 어떻게 사람을 믿을 수가 있을 것이며, 어떻게 사랑을 할 수 있겠습니까. 사랑을 할 수 없는 사람들이 어찌 이 세상에서 넉넉한 품성을 가지고 살아갈 수 있겠습니까. 합리적이지 않은 이기주의로 살아가게 될지도 모릅니다.

이것은 아마존의 나무를 벌목하면서도 지구가 어떻게 되든, 그곳을 삶의 터전으로 삼고 살아가는 원주민이야 어찌되든 자기의 잇속만을 위해 나무를 무자비하게 베어대는 것과 같은 이치입니다.

양심이 없다는 것은, 생태계에서는 자연 파괴며 가정에서는 가정 파괴인 것입니다.

이런 파괴를 미연에 막기 위해 만들어진 것이 '법'입니다.

법法이란, 물 수水와 갈 거去가 합해져서 만들어진 것입니다. 즉 물처럼 흘러가라는 의미로 만들어진 것입니다. 자연의 이치대로 살라는 의미입니다.

법의 또 다른 말은 도道입니다. 다시 말해 사람의 갈 길을 알려주는 것이 도道인 것입니다. 정신세계에서의 도가 인간세계에서 표면적으로 만든 법인 것입니다.

어떻게 살아가는 것이 잘 사는 것이냐고요?

양심이 시키는 대로 사십시오.

그것이 세상을 가장 잘 살 수 있게 하는 길입니다.

# 6

내일이 있음을
알려주고 싶은
그대에게

# 내일이 있다는 것

우리가 오늘을 살아갈 수 있는 건
한 치 앞도 모르는 게 인생이기 때문이 아닐까요?
만약 앞날을 미리 안다면 고통 때문에 살아갈 사람은 아무도 없을 것이며,
미리 알게 된 기쁨 때문에 지금 이 순간을 나태하게 살게 될지도 모릅니다.
그리된다면 참 재미없는 삶이 될 것입니다.
그렇기에 사람은 오늘도 궁금한 책의 다음 페이지를 넘기듯
궁금증으로 내일을 기다립니다.

내일은 또 다른 오늘입니다.
오늘과 같은 날이 아니라 많은 만물에게 변화가 있는 새날입니다.
다만 우리는 그것을 감지하지 못하고 살아갈 뿐입니다.
어제 꽃봉오리가 맺혔던 화초가 오늘은 꽃을 피우기도 합니다.
어떻게 같은 날이라 할 수 있겠습니까.

느끼려 하면 보입니다.
느끼려 하지 않기 때문에 느껴지지 않고 보이지도 않는 것입니다.
같은 이름의 자동차라도
오늘 새 차로 구입을 했다면 당신의 기분 역시 새로울 것입니다.
사람에게 있어 내일은 그런 것입니다.

내일은 내일의 것이

STUDIO
PRODUCTION
DIRECTOR
CAMERA

| DATE | SCENE | TAKE |
|------|-------|------|

# 인연

많은 사람들은 눈앞에 보여야지 인연이라고 생각합니다.
하지만 삼라만상을 살펴보면 인연이 아니면 성립되는 게 없습니다.
내 곁에 있어도 인연이 없으면 내 인식에 닿지 않습니다.
존재하지 않는 것과 다름없습니다.
멀리 있어도 내 마음속에 감돌면 그것이 인연인 것입니다.
시공은 전혀 거기에 어떤 장애가 되지 않습니다.
다만 인연이 작용할 뿐입니다.

모든 인연에는 표면적인 유효기간이 있습니다.
부부처럼 백년해로하는 인연이 있고, 초등학교 시절 몇 년 동안의 인연도 있습니다.
일 년 동안의 인연도 있고, 하루 동안의 인연도 있습니다.
인연은 내 사고에 맞는 사람이 나타날 때 관계가 형성됩니다.
내 사고가 상대에게 닿으면 그게 인연인 것입니다.
그러한즉, 인연이란 내 관념(이상을 포함한)과 사고의 영역에 의해서 좌우되며
오랜 기간 내 생각의 길들임으로 결정되는 것입니다. 거기엔 소통과 파장이 교량적 역할을 합니다. 이렇듯 인연은 만들어지는 것입니다.

필연은 서로가 서로에게 필요로 한 무엇을 채워주기 위해
만나게 되는 인연인 것입니다.
이 또한 출발은 내 사고에서 시작된 것입니다.

악연은 당신이 인연을 만들어가는 중에 만나는 숙명과도 같은 숙제적 존재입니다. 이것은 인생사 필요 불가결한 악제惡制입니다. 당신에게 악연이 생기는

이유는 인연을 더욱 견고하게 만들고 절실하게 만들기 위해서입니다. 악연은 채찍질과 당근의 역할을 동시에 하는 마부인 것입니다. 상황이 안 좋아질수록 바람 또한 절실해지지 않던가요? 절실한 바람이 자기력을 더 세게 만드는 역할을 합니다. 그것을 끌림이라고 말합니다. 그러므로 악연 또한 당신을 채워주기 위해 찾아온 인연인 것입니다.

불가에서는 인연을 겁으로 표현합니다.(범천에서의 하루-1겁)
'찰나'는 눈 깜짝일 사이를 말하고 '탄지'라는 말은 손가락을 한 번 퉁기는 시간을 말하며 '순식간'은 숨 한 번 쉬는 시간을 말합니다. 60초는 1분이고, 1분이 60번 모이면 1시간이 되며 시간이 24번 모이면 하루가 됩니다. 그리고 한 달, 1년, 1세기로 시간이 나뉩니다.
저렇게 모아진 세월이 4억 3천 2백만 년이 쌓여야 1겁이 됩니다.

김수희의 '다시 한 번 생각해줘요'라는 노래에
'옷깃을 스쳐가도 인연이라 했는데'라는 가사가 나옵니다.
이 스치는 인연을 겁으로 헤아리면 과연 몇 겁이나 될까요?
옷깃을 스치기만 해도 5백 겁이라 합니다.
(옷깃을 많은 사람들이 옷소매로 착각하는데 옷깃이 스치려면 적어도 포옹은 해야 합니다. 인연의 소중함을 역설하는 선조들의 지혜가 들어있습니다.)
하루 동안 동행할 수 있는 사람과는 2천 겁.
하룻밤을 같이 자는 사람과는 3천 겁.
친구는 4천 겁
이웃은 5천 겁
친척은 6천 겁
부모와 자식은 8천 겁
형제자매는 9천 겁
부부는 7천 겁
사제지간은 만 겁이라고 합니다.
부부가 형제자매의 인연보다도 더 짧은 이유는, 부부는 살다가 헤어지면 남남이 되지만 형제자매는 한 태 안에서 태어났기 때문입니다. 또한 사제지간이 부부나 형제자매의 인연보다도 더 깊은 이유는, 육신은 부모가 낳았지만 마음의 눈을 뜨게 하는 데는 스승의 가르침이 있기 때문입니다. 그래서 스승은 정신과 영혼의 부모라고 옛 성인이 말한 것입니다.

그렇다면 '억겁'의 세월이란 무슨 의미이며 어떤 관계를 뜻하는 것일까요?
억겁은, 가로 세로 80리, 높이 20리나 되는 바위를 선녀가 백 년에 한 번씩 내려왔다 올라가는데 그때 바위가 옷자락에 스쳐 닳아서 없어지는 세월을 시간으로 말한 것이라는군요. 즉 헤아릴 수 없이 많은 시간을 의미하는 것입니다.

이것은 영생을 의미하는 시간입니다.
노자나 예수나 석가가 말하는 도道라는 것은 즉 영생을 말하는 것입니다.
도니 영생이니 겁이니, 요즘 세상이 어떤 세상인데 저런 추상적이고 구태의연한 타령이나 하고 있는지 나도 참 많이 심심한 사람인가 봅니다. 하지만 좀 더 생각해보면 저 말들이 고리타분한 이야기만은 아님을 알게 됩니다.
예수나 석가나 노자나 소크라테스는 이미 죽은 사람인데도 불구하고 살아있는 존재가 아니던가요? 어딜 가나 절집이 있고 하느님의 집이 있으니까요. 그들은 신이라는 이름으로 영생하고 있는 것입니다.
이들이 영생할 수 있었던 건 인연과 밀접한 관계가 있습니다.
초입에도 말했듯이 이 세상의 삼라만상은 인연이 아니면 성립되는 게 없기 때문입니다.

비록 우리는 그들과 같은 존재가 될 수 없을지도 모르는 사람들이지만,
인연이 얼마나 중요하고 소중한 것인지 겁의 세월수를 헤아리지 않아도 새삼 깨닫게 됩니다.

우리 진짜 사랑하나봐

어떤 인연이 좋은 인연일까요?
인연을 거꾸로 읽어 보십시오.
'연인'이 됩니다.
남녀노소 불문을 초월한 연인과 같은 관계가
가장 좋은 인연이 아닐까 합니다.

# 복으로 만들기

새해가 오면 사람들이 제일 많이 하는 덕담이
'새해 복 많이 받으세요'라는 말입니다.
그러나 많은 사람들이 해주었던 덕담처럼
그다지 많은 복은 받지 못하며 살고 있습니다.
여전히 우리는 행복하기 위해서 하루를 살고 있지만 만족하진 못합니다.
복은 만족에서 옵니다.
복의 또 다른 이름은 '만족'입니다.
만족할 수 없다면 복 또한 오지 않습니다.
그러나 자신의 삶에 만족을 하고 싶어도
곤히 잠든 나를 괴롭히는 파리처럼
외부에서 오는 방해 요인들이 훼방을 놓기도 합니다.
마음을 흔들어 놓습니다.
그것을 우리는 시련이라 부릅니다.
하지만 오늘의 시련이 훗날 반드시 복이 되어 돌아옵니다.
그렇게 생각해야 복이 되어 돌아옵니다.
체념, 포기, 실패를 '공부'로 바꾸어 보십시오.
신기하게도 복이 되어 돌아옵니다.


자신의 의지대로 할 수 있는 것과 없는 것을 구별하는 지혜를 가질 때
마음의 자유와 행복은 당신의 것이 될 것입니다.

## 실패의 진실

실패는 사람에게 더 현명하고 지혜로워질 수 있도록
만들어 주는 기회입니다.
이것이 실패가 감추고 있는 진실입니다.
실패는 문제가 되지 않습니다.
실패하면 요령이 생기기 때문에 더 현명해집니다.
실패가 아니라 실패에 대한 두려움이 문제인 것입니다.
실패를 극복하는 방법은 실패하리라는 생각을 하지 않는 것입니다.
인생에는 실패란 없고 피드백만 있을 뿐입니다.

# 절제의 삶

자기 통제력이 없이는 건강하고 행복한 삶을 얻을 수 없습니다.
경계 없는 무절제한 삶은 한시적인 행복을 줄지는 모르나
그 뒤엔 반드시 파멸을 줄 뿐입니다.
절제란, 인생의 브레이크 같은 것입니다.

브레이크가 없는 인생은 목적지까지 빨리 갈 수는 있지만
생명력 또한 짧습니다.
고속 승진을 하는 사람들이 그 순간은 부러워 보이지만
그만큼 회사에서 나가야 하는 시간도 빨라진 것입니다.

우보천리牛步千里라는 말처럼,
소의 걸음으로 천 리 길을 천천히 가는 삶이 결코 나쁜 삶이 아닙니다.
뛰어가도 바쁜 세상인데 소의 걸음으로 가면 답답도 하겠지요.
하지만 뛰어가다가 지쳐 쓰러진 사람보다는 비록 천천히 가더라도
천 리 길을 완주할 수 있는 것이 더 보람 있는 일이 될 것입니다.
쉼표 없는 삶은 마침표를 찍기도 힘듭니다.
빨리 가면 못 보고 지나가는 것이 많으나 천천히 가면
더 많은 것들을 볼 수 있습니다.
음식도 빨리 먹는 것보다 천천히 먹는 것이 소화가 잘 되는 것처럼.

# 참 좋은 사람

내가 잘못한 한 번보다 잘한 열 번을 기억하는 사람.
그런 사람이 참 근사한 사람입니다.                    .
그런 사람을 만나기 어렵다면
내가 그런 사람이 되도록 해보십시오.
그렇게 할 수 있다면
상대가 당신을 근사한 사람으로 기억할 것입니다.

이런 사람이 되려면
감사하는 법을 먼저 익혀야 합니다.
상대에게 감사하는 법을 배우는 방법은 의외로 간단합니다.
'저 사람은 나를 좋은 사람으로 만들어주기 위해 이 세상에 존재하는구나'
라고 생각하면 됩니다.
날 위해 존재해주는 사람이니 얼마나 고맙습니까.
나에게 고급 손목시계를 선물해주는 사람만이 좋은 사람이 아닙니다.
'나'라는 사람이 존재하기에 그 사람이 고급 손목시계도
선물해줄 수 있는 것이 아니겠습니까?
내가 있어 상대도 존재하는 거고 상대가 있기 때문에
나도 존재하는 것입니다.

**Growing up**
+

추측

추측이라는 것은
망상을 부추겨 오해를 사실인 양 고착 시킬 수도 있습니다.
확인이 되지 않은 것은 추측으로 단정 짓지는 마십시오.
감정 낭비이자 정신적 소비입니다.

인생을 도박이라고 비유하는 사람들이 있습니다.
어찌 생각해 보면 결코 틀린 말도 아닙니다.
하지만 도박은 실력보다는 운이고, 촉이 결합해야지 베팅을 할 수 있습니다.
인생이 도박과 비슷한 점이 없지 않아 있으나
그렇다고 인생을 촉으로만 살 수는 없지 않겠습니까.

인생에서의 추측은 도박에서 촉과 같은 것입니다.
추측이나 촉은 불확실성이 확실로 바뀌길 바라는 소망을 품고 있습니다.
소망 뒤에는 보이지 않는 '물음표'가 존재합니다.

그런데 인생에서의 추측은 점점 깊어질수록 망상장애를 일으켜
사실이 아닌 것을 사실로 만들어 버립니다.
의부증이나 의처증의 시발은 의심으로 점철된 추측에서
비롯되는 것이 아니던가요.

사람의 추측은
검은 망토가 씌워진 상자 안에 있는 뱀을 손으로 만져보고
뱀장어라고 하는 것과 마찬가지입니다.
확인되지 않은 사실을 추측만으로 단정 짓는 어리석음은 하지 않기를 바랍니다.

# 친구

친구라는 말을 곱씹으면 곱씹을수록 감초처럼 단맛이 나옵니다.
약방에 감초처럼, 인간관계에 있어서도 친구라는 존재는
감초 같은 존재입니다.

친구는 나무를 너무도 닮았습니다.
그렇기에 친구親舊라는 한자에도 나무木가 있는 것입니다.

나무는 끝까지 자기 자리를 떠나지 않습니다.
나무는 자신을 위해 그늘을 만들지 않습니다.
언제나 타인을 위해 그늘을 만들어주고 모든 것을 내어줍니다.
나에게 그런 친구가 찾아오길 기다리지 말고
내가 그런 친구가 되려고 노력하면
어느샌가 나무와 같은 친구가 당신 옆에 서 있을 것입니다.
그라시안이 이런 말을 했습니다.
"친구를 갖는다는 것은 또 하나의 인생을 갖는 것이다"라고.

# 건강 요점

**건강하게 살려면 이것만 가지고 있어도 됩니다.**
**1. 잠**
**2. 햇빛**
**3. 등산(운동)**
**4. 물**
인공적인 보약은 돈이 들지만
저 보약은 돈이 들지 않습니다.
약간의 움직임으로 돈도 지킬 수 있고 건강도 지킬 수 있다면
이보다 더 수지맞는 장사가 어디 있겠습니까.

그러나 이런 수지맞는 장사도 한 번에 무너뜨리는 것이 있습니다.
앞에서도 말했듯,
그것은 근심과 지나친 긴장과 조바심입니다.

사람은 잠을 잘 못 잔다고 해서 죽지 않습니다.
저마다 수면시간은 다릅니다. 평균 7~8시간을 자야 좋다고는 하나 그것이 수명과 직결되는 문제는 아닙니다. 수면시간이 수명과 직결된다면 오늘날 입시생들은 모두 단명을 할 것이며 성인 중에 3~4시간을 자는 사람들은 이미 죽었거나 곧 죽을 것입니다.
숙면을 취한다는 것은 아무런 근심 없이 자는 것을 말합니다.
그러나 근심을 없애는 건 결코 쉬운 일은 아닐 것입니다.
근심 없이 사는 사람들이 어디 있겠습니까.
하지만 근심을 줄일 수 있는 방법은 있습니다.
그것은 신뢰가 가는 사람에게 근심을 털어놓는 것입니다.

이것을 감정 정화 작용이라고 합니다.

실제로 정신과에서 이런 방법으로 신경성 질환을 가지고 있는 환자를 치료하고 있습니다.

긴장은 우리 인체와 심장에 경직과 무리를 줍니다.

나는 이 긴장감으로 수십 년을 살았고 그 결과 목 디스크로 고생하고 있습니다.

물론 긴장을 하며 사는 것은 나쁜 것이 아닙니다. 적당한 긴장은 오히려 나에게 도움을 주니까요. 그러나 적절하게 긴장을 풀어주는 것이 더 중요한 일입니다.

긴장으로 경직된 근육을 움직이는 것은 사이드 브레이크를 잡아놓고 차를 움직이는 것과 같은 것입니다. 또한 기름칠을 하지 않고 기계를 쉼 없이 돌리는 것과 같은 것입니다.

그러니 몸에 탈이 생길 수밖에요.

조바심은 괜한 오지랖입니다.

조바심을 낸다고 해서 될 일이 안 되고 안 될 일이 되던가요?

조바심을 내면 우리의 심장은 빨리 뜁니다.

백 미터 달리기를 하는 사람이 달리기 전에 조바심을 내면 골인지점에 도달하기 전에 쉽게 지칩니다.

우리의 심장은 규칙적으로 운동을 하는데 조바심을 안은 채 빨리 뛰게 하면 지치지 않겠습니까?

심장질환은 이런 게 원인이 되어서 생기는 것이기도 합니다.

# 조급증

해가 제일 긴 하지보다 한 달 뒤인
7월 말 8월 초가 제일 덥습니다.
해가 짧은 동지가 제일 추운 게 아니라 한 달 뒤인
1월 말 2월 초가 더 춥습니다.
이렇듯 결과는 금방 나오지 않고 시간을 두고 나오기도 합니다.
결과에 너무 조급해하지 말고 노력하다 보면
조금의 노력으로 기대 이상의 결과를 얻을 수도 있습니다.
돈만 저금하는 것이 아닙니다.
시간과 노력도 저금하는 것입니다.

산은 어느 방향에서 바라보느냐에 따라 다르게 보입니다.
인생 또한 어느 방향에서 바라보느냐가 중요합니다.
이왕이면 더 멋지게 보이는 방향에서 바라보십시오.

# 편안함이 주는 함정

사람들은 편안한 삶을 원합니다.
그러나 편안한 삶이 꼭 좋은 것만은 아닙니다.
사람이 너무 편하면 감사함과 소중함을 망각할 수 있으니까요.

양봉에 길들여진 꿀벌은 겨울을 나기 위해 꿀을 채취합니다.
꿀벌에게 있어 꽃은 생명줄이나 마찬가지입니다.
꿀은 우리 인간들의 삶도 윤택하게 만들어주기도 합니다.

그러나 항상 여름인 나라에서는 꿀을 얻기가 어렵습니다.
왜냐하면 항상 꽃이 피어있기 때문에 굳이 꿀벌들이 겨울을 나기 위해
꿀을 모아둘 필요가 없기 때문입니다.

겨울이 있어 달콤한 꿀을 얻을 수 있듯이
우리 인생에도 겨울과 같은 혹독함이 없었다면
편안한 삶이 주는 안락함에 길들여져
감사함을 모르고 살아갈지도 모를 일입니다.

생선도 소금에 절임을 당하고 냉장을 당하며
햇빛에 말려지는 고통이 없다면
썩는 길밖에 없습니다.
이렇듯 달콤함과 편안함이 오히려 우리를 썩게 만들기도 합니다.

꿀은 겨울이라는 추위 때문에 얻을 수 있는 선물입니다.

예쁜
꽃이 되어라

(그런데 너 꽃 맞니? 맞지?)

FERTILIZE

조심 조심

# 위기

위기란, 위험한 고비라는 뜻도 있지만 생각을
어떻게 하느냐에 따라 '위험이 곧 기회다'라는 말로
바꿀 수도 있습니다.
전화위복이 될 수도 있으니까요.
희망은 항상 용기 있는 사람의 손을 들어주었습니다.
당신은 언제라도 희망을 품을 수 있는 능력이 있으므로
당신 또한 인생의 승자로 남을 수 있습니다.
희망을 가지고 있는 한 위기는 반드시 당신에게
좋은 기회를 제공할 것입니다.

희망이 없다는 말은 목표가 없다는 말과 동일합니다.
목표가 없다는 것은 애초부터 계획이 없다는 말로도 해석할 수 있습니다.
지난한 삶을 생각하면 계획을 세워보았자 매양 그 나물에 그 반찬이라고 생각
할 수도 있습니다. 그러니 자포자기를 할 수밖에요.
그러나 그런 사람 대부분은 삶에 찌든 사람들이지만 다른 쪽으론 게으른 사람
들이기도 합니다. 또한 욕심이 많은 사람들입니다. 작은 것에 감사하지 못하는
사람들입니다.
계획이라는 것을 너무 거창하게 세우려 하니까 시작도 않고 자포자기를 하는
것입니다.
백억 원을 가진 사람과 천만 원을 가진 사람이 주식을 하면 백억 원을 가진 사
람은 돈을 벌 확률이 높아도 천만 원을 가진 사람이 돈을 벌 확률은 낮습니다.
왜냐하면 백억 원을 가진 사람은 투자금의 몇 %를 이익금으로 세우고 목표치
에 도달하면 빠지지만, 천만 원을 투자한 사람은 두 배의 이익을 기대하기 때
문입니다. 투자금의 규모의 차이는 있겠지만 그 보다도 마음의 자세에 더 큰

문제가 있는 것입니다.

아침에 눈을 뜨자마자 오늘 할 일을 계획해 보십시오.
자기가 할 수 있는 한도에서 계획을 세워보십시오.
학생이면 학생에 맞게, 주부면 주부에 맞게, 회사원이면 회사원에 맞는 능력으로.

재벌들은 하루아침에 큰 기업을 세우진 않았습니다.
작은 계획이 모이고 모여서 큰 그룹을 만들어낼 수 있었던 것입니다.
작은 계획이 쌓이면 어느새 큰 자산이 됩니다.
일주일에 두 권의 책을 읽겠노라고 계획했던 사람이 일 년이 지나면 백여 권의 책을 읽은 독서광이 되고 십 년이 지나면 천여 권의 책을 읽은 독서광이 될 것입니다.
그러면서 이 사람의 사고와 가치관은 좀 더 폭넓어지고 창의적인 생각을 더 많이 하는 사람이 될 것입니다.

위대한 사람들의 공통점은 독서광이었다는 것입니다.
그중 한 사람이 빌게이츠입니다.

# 걸레

우리는 걸레를 더러운 것이라고 여기며 살고 있습니다.
걸레가 진정 더러운 것일까요?
이 세상에 걸레가 없다면 저 더러운 창문은 무엇으로 닦을까요?
걸레는 더러운 것이 아니라 고마운 것입니다.
그동안 우리는 큰 착각을 하며 살고 있었던 것입니다.

고정관념은 편견이 쌓여서 만들어진 것입니다.
쓰레기를 청소하는 미화원들을 생각하면 어떤 생각이 먼저 듭니까?
쓰레기를 치우기에 불결하다는 생각도 들 것입니다.
그러나 그들이 없다면 우리는 쓰레기 더미 속에서 살아야 했을 것입니다.

정작 우리는 정말 더러운 것을 못 보고 삽니다.
산양털로 만든 캐시미어를 입고 양아치들이나 할 법한 난투전을 국회에서 해대는 위정자들에게는 더없이 관대하면서 더러운 것을 치워주는 사람들은 괄시합니다.
겉모습에 미혹되어 미욱한 인간이 되어갑니다.
진짜의 모습은 언제나 속에 있습니다.
속을 보는 것을 혜안이라고 부릅니다.
이제는 속을 보는 안목을 키워야 할 때입니다.

우리는 더럽고 문란하며 난잡한 사람을 보고
'걸레'라고 낮잡아 부릅니다.
그들을 올바르게 표현하려면 걸레가 아니라
'오물'이 맞는 표기일 것입니다.

# 단장

남을 위해 단장을 하는 시간을 하루에 십 분 씩만 줄여도
어마어마한 재산이 축적될 것입니다.
현명한 사람은 그 사람의 품성을 보지
화장품을 보지 않습니다.

외모를 가꾸는 것은 나무랄 게 아닙니다.
그것 또한 자기에 대한 예의이며 상대를 위한 배려니까요.
그러나 자기에게 자신이 있는 사람은
외모를 단장하는 데 많은 시간을 쓰지 않습니다.

# 기다림

나무가 거목으로 성장하기까지는 많은 시간과 여러 과정을 거칩니다.
하루아침에 아름드리나무로 성장하지는 않습니다.
바람도 맞고 비도 맞습니다.
거기엔 자연적 인내가 반드시 들어갑니다.

모든 식물도 꽃을 피우기 위해 때를 기다립니다.
서두르지 않고 욕심내지 않는 나무처럼
자연 흐름에 맡기며 때를 맞이하려는 꽃처럼
기다리며 사는 것이 인간에게 주어진 자세입니다.
그렇듯 지금 당신의 삶이 빈곤하다면
자기 운명 속에 한 과정인 빈곤할 때라고(비와 바람을 맞을 때)
생각하는 것이 현명한 사고입니다.
사람으로 태어났다면
사람으로서 겪어야 할 것들을 느끼면서 살아야 하지 않을까요?
바람을 맞지 않고 크는 나무가 어디 있겠습니까.
비바람을 맞고 자란 나무가 뿌리도 깊게 박는 법입니다.

순탄하게 산 사람들을 부러워하지는 마십시오.
위기가 오면 오히려 시련을 많이 겪은 사람들이 더 강해지는 법이니까요.
또한 깨달음으로 가는 속도 또한 빠른 법이니까요.


기다림이란,
연회장에 초대를 받고 외출을 하기 위해 턱시도를 다리미로 다리듯이
자기를 다림질하는 것을 의미합니다.
기다림은 '나의 기를 다림'이란 말입니다.
이것은 자연 흐름에 나를 맡기기 위한 준비이며 과정입니다.

# 책임과 욕심

개가 길에 나와 사람을 물면 그 개를 묶어 놓지 않은 개 주인 잘못이고
고양이가 이웃집에 넘어가 생선을 물고 오면
그 고양이를 묶어 놓지 않은 고양이 주인 잘못인 것처럼,
사람들이 욕심을 부리다 손해 보는 것은
그 욕심을 묶어 놓지 않은 자신의 잘못입니다.

20세기에 들어서면서 재테크가 열풍입니다.
재테크의 기본은 투자에 있습니다.
주식 투자, 부동산 투자, 원자재, 금값, 환율, 채권 등등.
참 많기도 합니다. 자본주의 시대를 살면서 투잡이나 재테크를 하지 않으면 애
옥살이 신세를 벗어나기 힘드니 누구나 재테크로 손과 눈을 돌릴 수밖에요.

그러나 이익을 본 사람보다는 손해를 본 사람들이 훨씬 많을 것입니다.
그 사람들은 투자를 한 것이 아니라 투기를 했기 때문입니다.
투자는 동반 성장을 도모하지만 투기는 개인의 이익만을 도모하는 도박입니다.
도박을 해서 돈을 번 사람들은 그다지 많지 않습니다.
도박을 해서 돈을 번 사람은 열 번 중에 단 한 번 잘 되어서 번 것입니다.
프로 겜블러들은 열 번의 게임 중에 단 한 번만 하지 모든 게임을 하지 않습니다.
열 번을 다하면 잃는다는 것을 잘 알고 있기 때문입니다.

투자를 해서 손해를 보았거나 사기를 당했다면
남을 탓하기 이전에 자신부터 반성해야 합니다.
사회적인 흐름 탓도 있지만 자기 개인의 욕심도 있었으니까요.
욕심도 자신이 책임질 만큼 부려야 합니다.

그 이상을 부린다면 반드시 자신을 해치는 결과가 나오니까요.

주식 투자는 기업을 살리는 일이지만 부동산 투자는 남을 죽이는 행위이기도
합니다.
부동산은 애초에 투기 대상이 아니었습니다.
부동산을 투기 대상으로 조장시킨 최초의 것은 아마도 악마였을 것입니다.
주거 용도로만 쓰여야 할 부동산이 투기 대상이 되면서 수많은 서민들이 울었
고 부동산으로 일확천금을 노렸던 많은 사람들 역시 쪽박을 찼습니다.
누굴 원망하겠습니까. 자업자득인데……

무언가에 손해를 보았다면 책임 또한 당신 몫입니다.
책임지지 못할 일은 애초에 하지도 말고 맡지도 않는 것이 상책입니다.
깜냥도 아닌 사람이 정치를 하고 권력을 잡고 나랏일을 보게 되면
그 나라의 살림은 불 보듯이 뻔한 것입니다.
그런 사람들은 책임을 국민들에게 떠넘깁니다.

책임이란 자기에게 주어진 임무입니다.
주어진 임무를 못하면 책임을 묻습니다.
責(꾸짖을 책) 任(맡길 임), 꾸지람을 맡겨둔 것이 책임입니다.
맡겨둔 것을 지키지 못했으니 꾸지람을 당할 수밖에요.

# 명품의 진실

제아무리 싸구려 옷이라도
명품인 사람이 입으면 명품이 되고
제아무리 값비싼 명품일지라도
천박한 사람이 입으면 싸구려가 됩니다.
성철 스님이나 김수환 추기경이 반평생을 입고 지냈던 사제복이 명품이었을
까요?

이왕이면 걸친 옷보다 더 비싼 사람이 되었으면 좋겠습니다.
진품은 장소가 어디건 무엇을 걸치건 진품일 수밖에 없습니다.
진주가 똥통에 빠졌다고 해서 그게 진주가 아니겠습니까?

어떤 여자는 명품을 사기 위해 몸을 팔고
또 어떤 사람은 해외여행을 가기 위해 유흥업소에 나갑니다.

그들은 이런 말을 합니다.
'개같이 벌어서 정승처럼 쓰며 살 거다!'
명품을 사고 해외여행을 가는 것이 정승처럼 사는 것일까요?

우리 역사 인물 중 '개같이 벌어서 정승처럼 쓰라'는 속담을 실천한 사람이 있
습니다.
고종의 후궁이자 영친왕의 모친인 엄 씨입니다.
엄 씨는 자신의 권력을 이용하여 획득한 자금으로 진명여학교와 숙명여대를
설립했다고 합니다. 그러나 엄 씨는 조선의 그 어느 왕비보다 교육에 뜻이 많았
고 교육이 백년대계라는 생각을 가지고 있었던 선각자이기도 했습니다. 자신

이 지닌 영향력을 발전적인 곳에 사용하였기에 그녀의 부정은 결코 부정이 아닌 것이고 오늘날 후학들에게 공경을 받은 역사적 인물로 남아있는 것입니다.
개처럼 벌어서 정승처럼 쓰는 건 웬만해선 어려운 일입니다.
왜냐하면 한 번 개가 되었던 마음이 정승이 되기는 어렵기 때문입니다.

김영식 천호식품 회장은 "돈은 예술가처럼 벌어서 천사처럼 써야 한다"고 했습니다. 김영식 회장이 돈을 버는 이유는 '살아서 천사처럼 쓰기 위해서'라고 합니다.

명품인 사람과 옷만 명품을 걸친 사람은 이렇게 다릅니다.

# 내장의 비밀

오장육부가 꼬불꼬불한 이유는
성질나는 대로 말하지 말고
굽이굽이 돌면서 한 번 생각해 보고
한 마디 내려놓고 쉬어가면서 말하라고
그리 생긴 것이라고 합니다.

생각은 천천히 행동은 빠르게

천천히 가면 더 많은 것을 볼 수 있습니다.
소가 천천히 가지만 제 할 일은 못하지 않습니다.

먹고 말겠이야

# 악조건

누구에게나 마음으로는 수천 수만 번을 끊어버리고
벗어나고 싶은 악조건이 있습니다.
하지만 마음처럼 그러질 못합니다.
그런 자신이 못나 보입니다.
그러나 우리가 간과한 것이 있습니다.
강물이 바다로 가기 위해선 큰 산도 만나고 천 길 낭떠러지도 만나듯
우리가 인생을 살면서 악조건을 만난 것 또한
우리가 필연적으로 만나야 할 과정입니다.
사람의 몸으로 살면서 인생에서 겪어야 하는 것들이 있는데
그것들은 때가 되면 나타납니다.
악조건도 때가 되었기에 나타난 것입니다.
그 조건을 이겨내는 것이 사람이 해야 할 일입니다.
정말 못난 사람은
자신이 해야 할 일을 못하고 비관으로 채찍질을 하는 사람입니다.
그건 자기에 대한 연민이 아니라 모욕입니다.
죽은 자는 과거에 머물고 산 자는 오늘과 미래를 생각합니다.

# 마음의 눈

파도는 바람이 만드는데 우리는 바람은 못 보고 파도만 봅니다.
바람은 애초에 보이질 않습니다. 느껴야지 알 수 있습니다.

본래 우리에겐 눈이 두 개 있습니다.
사물을 보게 하는 얼굴의 눈과 마음의 눈.
마음의 눈은 느껴야 볼 수 있는 것을 보라고 있는 것입니다.

사람을 농락하는 자는 자신의 비루함을 보지 못합니다.
자신을 못 보는 사람에게 더 이상 무엇을 바라겠습니까?

돈을 흥청망청 써야지만 사치가 아닙니다.
감정 또한 애먼 데 쓰는 것도 사치입니다.
이런 사치를 보는 건 마음에 눈이 있기 때문입니다.

# 길들임

사람들은 누군가 나에게 길들여지길 바랍니다.
내 뜻대로 움직이고 내 말에 순종하는 사람을 원합니다.
하지만 길들이는 것엔 책임 또한 따라야 한다는 걸 곧잘 망각하며 삽니다.

사실 마음의 흐름과 함께한 선택이 아닌 강요에 의한 길들여짐은 무서운 것입니다.
반려동물이었다가 유기가 된 동물들을 보면 일 수 있습니다.
반려동물들은 일방적인 선택에 의한 길들여짐에 익숙해져서 본래의 생존 방법을 잃었습니다.
본래의 생존 방식이 퇴화된 채로 버려진 것입니다.
그건 곧 누군가에게 구원을 받지 않는다면 자연도태되거나
또 다른 생존 방법을 찾을 때까지 길들여진 시간만큼 보내야 한다는
의미이기도 합니다.
그렇게 만든 건 사람입니다.
무책임한 길들임은 자유의지를 말살하는 세뇌가 될 수도 있습니다.
세뇌란 로봇으로 만드는 지능적인 범죄입니다.

# 에너지의 원천

사랑하는 사람이 있다는 것. 사랑하는 무엇이 있다는 것.
그 자체 하나만으로도 모진 풍파를 견디게 해주는 힘이자
절망 끝자락에 핀 희망입니다.
세상살이 외롭지 않게 해주는 든든함입니다.
설사 상대가 내 마음과 다르면 어떻습니까?
내 마음속에 사랑이 있다는 것이 중요함인 것을.


사람이 평화로워질 때는
가시적으로 무언가 이뤘을 때 오는
성취감과 만족감이 있을 때가 아니라
모든 욕망과 욕심이 사라졌을 때입니다.

# 참 지혜자들

천재 음악가 베토벤은 귀머거리였습니다.
손자병법을 쓴 손자는 앉은뱅이였습니다.
단테는 고향에서 쫓겨난 방랑자였습니다.
시인 카메온은 거지였습니다.
성프란치스코는 소경이었습니다.
공자의 제자 중 지혜가 가장 뛰어난 자공은 남 보기에 바보 같았습니다.
진시황의 통치 이데올로기인 한비자를 쓴 문장가 한비는
엄청 심한 말더듬이었습니다.
이솝과 서양 3대 철인 중 한 사람인 에픽테토스 또한 노예였으며
절름발이였습니다.
허나 그들은 빛나는 인생을 살다 갔습니다.
이들의 인생이 빛나는 이유는,
인생이란 기회를 허비하지 않았기 때문입니다.

재능이 있는 사람이 잘되는 게 아니라
자기 관리를 잘하는 사람이 잘되는 것입니다.
자기 관리도 실력입니다.

# 소인배와 천한 사람

자신에게 엄격하나 타인에게 관대한 사람은 인자하다는 평을 받습니다.
자신에게 엄격하고 타인에게도 엄격한 사람은 사납다는 평을 받습니다.
자신에게 관대하고 타인에겐 엄격한 사람은 평가할 가치 없는 소인배입니다.

신분이 천하여 그 사람이 천한 것이 아니라
언행이 천하여 그 사람이 천한 것입니다.
천한 사람이 되지 않으려면
언행을 가려서 할 줄 알면 됩니다.

# 미약함

모기도 모이면 천둥소리를 내고
거미줄도 수만 겹이면 호랑이를 묶는다고 합니다.
거대한 피라미드도 벽돌 하나로 시작되었고
천 년을 살아온 주목도
작은 씨앗으로부터 시작되었습니다.

지금 비록 당신의 처지가 미약하지만
이 미약함이 축적이 되면 어마어마한 힘이 생길 것입니다.

공자도 못 읽는 문자가 있고
부처도 못 외는 염불이 있다고 합니다.
그러니 많은 것을 모른다고 창피해할 필요는 없습니다.
배우면 되니까요.

# 나비

나비의 날갯짓은 어린 새들의 날갯짓처럼 불안합니다.
하지만 나비는 꽃을 찾아 앉을 줄 압니다.
나비는 자신을 위해 치장하지 않아도 화려합니다.
그래서 장신구 값이 들어가지 않습니다.
나비는 좋은 집을 얻으려고 발버둥 치지 않습니다.
가면도 쓰지 않습니다.
그렇지만 무엇보다 고결하며 인류를 위해 살다 갑니다.

그런 나비가 급격히 줄어들고 있습니다.
인간의 이기심은 이제 도를 넘어 고결함을 갉아먹고 있는 것입니다.
꿀벌 또한 마찬가지입니다.
아인슈타인이 말하기를, 꿀벌이 멸종되면
4년 안에 인간도 멸종된다고 했습니다.
부자가 망해도 3년은 먹고 산다는데, 설마 4년 안에 인간이 멸종될까마는 심각한 문제임에는 틀림없습니다.
사람이 붓을 들고 일일이 열매를 수정시키기엔 역부족이니까요.

최소한 여름방학 때 곤충 채집과 같은 과제물과
벌침으로 치료를 하는 의술은 이제 자제해야 되지 않을까 합니다.